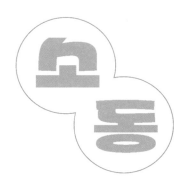
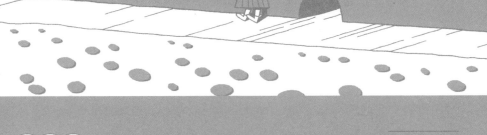

소설과 동화 되다

소동

2024
대구광역시교육청
책쓰기 프로젝트

글쓰소 지음
조혜진 엮음

바른북스

베짱이가 놓아준 다리

MBC 기자, "로봇 시대 살아남기" 저자, 염규현

이 책의 페이지를 넘길 때마다, 우리는 예상치 못한 깊은 여정에 빠져들게 된다. "심청전", "어린 왕자", "신데렐라", "개미와 베짱이"처럼 우리에게 친숙하고 유명한 동화들이 저마다 새로운 날갯짓을 하며 독자들을 가보지 않은 길로 유인하고 있다. 단순한 재구성을 넘어 우리가 알던 이야기에 새로운 숨결을 불어넣고 있다. 학생들이 써 내려간 이야기가 생명력이 넘치는 건 바로 그런 이야기들 속에 학생들의 생각과 감정이 켜켜이 녹아 있기 때문이다. 디즈니의 '아기 돼지 삼형제'가 당시 세계를 휩쓸었던 '경제 대공황'을 늑대로 표현하며 상징적으로 시대를 반영했던 것처럼,

이 소설집은 오늘을 사는 청소년들이 직면한 사회적, 정서적 도전과 불확실한 미래에 대한 반응을 예술적으로 표현하고 있다.

20세기 초 모더니즘 문학은 전통적인 서사 구조를 거부하고 새로운 표현 방식을 모색함으로써, 당시의 사회적, 문화적 변화에 대한 응답을 보여주었다. 10대 고등학생들이 재해석한 유명 동화들은 기존의 단순한 선과 악의 구분을 넘어서는 새로운 차원의 생각들을 다채롭게 담고 있다. 어떤 면에서는 상당히 비관적이고 염세적인 시각도 느껴진다. 거품이 되어 사라져 버린 인어공주는 미래는 희망으로만 가득 찰 수 없다고 웅변하며, 2차 세계대전 이후의 부조리 문학과도 유사한 면모를 보여주기도 한다. 이 책에 담긴 이야기는 시대적 변화를 포착하고, 젊은 세대가 어떻게 자신들의 정체성과 자아를 찾아가는지를 잘 보여준다.

특히, 산업화 시대. 그늘에서 악기나 연주하는 베짱이는 게으름의 상징으로 여겨졌지만, 이 책에서 자아실현의 표상으로 재해석되는 묘사는 주목할 만하다. 이러한 재해석은 단순한 문학적 변형에 그치지 않고, 우리 시대에 대한 청년 세대들의 사회적, 문화적 반응을 보여준다. 획일화된 노동, 거기서 나오는 근로 소득으로 쳇바퀴 돌듯 연명하는 개미들에게 베짱이는 이제 교화해야 할 대상이 아니라 부러움의 대상, 나아가 개미들이 삶의 자세를 배워야 할 대상이 될 수도 있는 시대가 되었음을 작가는 알리고 있다. 또, 산업화 시대에는 단순한 오락 혹은 시간 낭비로 여겨졌을지 몰랐을 악기 연주가 오늘날에는 개인의 창의력과 자아를 표현하는 수단이 될 수 있지 않으냐고 작가는 세상에 묻고 있다. 돈보다 꿈이 먼저 아니냐고 베짱이의 입을 빌려 외치고 있는 것이다.

"하지만 좋아하는 걸 생각해 본다는 건 그리 나쁘지 않아. 진심으로 좋아하고 하고 싶다는 일이 생긴다는 것만으로 너의 삶이 엄청나게 달라질 거야."

소설 속 베짱이가 개미들에게 건넨 충고는 10대뿐 아니라 쳇바퀴 돌 듯 일상을 버텨내는 현대인들에게도 울림을 주고 있다. 이처럼 10대 작가의 문장 한 줄에 우리가 공감할 수 있는 건 젊은 세대가 직면한 사회적 현실이 우리와도 무관치 않기 때문이다. 그들 역시, 우리와 같은 운동장에서 함께 살아가고 있음을 확인할 수 있기 때문이다. 그래서, 이 소설집의 작품들은 서로가 보는 세상을 이해하며, 허리를 숙여 그들과 눈을 맞추고 싶게 만든다. 글의 힘으로 세대와 세대 사이에 다리를 놓고 있는 것이다. 모두가 터놓고 이야기할 수 있는 광장으로 연결된 다리. 우리는 그 다리를 건너 그들의 손을 잡을 수 있다. 비로소 그들과 연대할 수 있다.

나만의 길을 걸어가다 보면

서울사이버대학교 상담심리학과 교수,
"생각 빼기의 기술" 저자, 이우경

"소동"에 실린 학생들의 글을 읽어나가다 보니 저 역시 수십 년 전 읽었던 명작 동화 내용이 기억 저편에서 소환되었습니다. "어린 왕자", "백설공주", "인어공주", "신데렐라", "개미와 베짱이", "헨젤과 그레텔", "피터팬", "잠자는 숲속의 공주" 등 우리에게 익숙한 동화를 전혀 다른 시각으로 각색하여 소설로 재구성한 학생들의 상상력과 창작 능력이 놀라웠습니다. 각각의 이야기마다 캐릭터, 사건, 배경이 다양하고 특색이 있었지만 공통적인 것은 작가들의 삶의 경험과 꿈, 고민이 드러나고 있다는 점입니다. 특히 학업적 성취만을 강조하는 어른들의 속박으로부터 벗어나고 싶은 욕구, 자신을 잘 드러낼 수 있는 꿈을 찾고 싶은 욕구, 진정한 어른이 되기 위한 고민들이 날실과 씨실처럼 잘 엮여 있다는 생각이 들었습니다. 자기 정체성을 찾아가는 10대 후반의 이 시기는 불확실하고 불안하기도 하지만 스스로를 믿고 오늘이 새로운 시작이라는 마음으로 정진한다면 자신만의 꽃을 피울 때가 올 것입니다.

학교와 학원을 오가면서 공부에 대한 압박감을 많이 받을 시기에 이렇게 창의적인 글쓰기에 몰두하고 작품집으로 출간하는 것은 대단한 성취 경험으로 남을 것입니다. 이 책을 읽는 독자들에겐 학생들의 상상력과 삶의 고민을 함께 나누는 경험이 되길 바라며 글을 쓴 학생들에게는 창작에 대한 열정과 호기심을 쭉 이어갈 수 있는 계기가 되길 바랍니다.

덥지 않을 여름

사공서윤

햇살이 녹아드는 작은 마을에는 여름이 물들어 있었다. 개
미들은 무더운 날씨에도 불구하고 열심히 일을 하고 있다. 개미들
은 일을 한다는 것에 늘 보람을 느끼고 있었고 그렇게 보였다. 하
지만 늘 예외는 있는 법이다. 포미가 바로 그랬다. 포미는 지금 당
장이라도 일을 내팽개치고 싶었다. 포미는 땡볕 아래에서 일을 해
야 한다는 것이 너무 싫었다. 그만큼 포미의 시간은 느리게만 흘
러갔다. 물론 겨울을 나기 위해선 어쩔 수 없다는 것을 알고는 있
지만 지금 당장은 땡볕 아래에서 벗어나고 싶은 마음이 더 컸다.
하지만 소심하고 소극적인 포미가 무리에서 이탈한다거나 불만을
제기하는 일 따위는 없었다. 언제나 불만만이 가득할 뿐이었다.

그때였다. 어디선가 청량하고 우아한 바이올린 선율이 들려왔다. 공중을 가득 채우는 그 음색은 더위를 몰아내는 시원한 바람 같았다. 그 소리를 따라 시선을 돌리자 바이올린을 연주하는 베짱이가 있었다. 베짱이가 활을 움직일 때마다 포미의 눈동자는 점점 커져만 갔다. 그 소리가 잊고 있던 감정들을 하나씩 깨워주는 것 같다고 생각했다. 하지만 개미들 중에서 이런 생각을 하는 것은 포미뿐인 것 같았다.

"저러다가는 겨울에 아무도 모르게 사라질 거야."

"바이올리니스트가 되겠다고? 그건 핑계에 불과해."

"맞아. 그냥 일하기 싫은 거지. 뭐."

"쟤 지금 당장 먹고살 것은 있을까?"

포미를 제외한 개미들이 베짱이에 대한 비난을 한마디씩 던졌다. 포미는 본인에게 하는 말이 아닌 것을 알면서도 마음이 좋지 않았다. 포미의 눈에는 다른 개미들이 그저 베짱이를 이용해 우월감을 느끼려 하는 것처럼 보였다. 하지만 정작 베짱이는 개미들의 말이 들리지 않는 것인지 전혀 아랑곳하지 않고 묵묵히 바이올린을 연주할 뿐이었다. 포미는 주변을 신경 쓰지 않는 베짱이의 모습을 보며 베짱이에 대한 호기심이 더욱 커지게 되었다.

그날 밤, 포미는 더운 날씨 탓인지 잠이 오지 않아 조용한 풀숲을 걷고 있었다. 푸른빛 가득한 잔디와 나무, 은은한 달빛과 벌레

우는 소리와 함께 향긋한 풀 내음이 섞인 거리를 걷다 보니 마음이 편안해졌다. 자연스레 베짱이의 연주를 한 번 더 숲속의 풍경과 함께 듣고 싶다고 생각했다.

그때였다. 어디선가 포미의 바람을 들어준 것인지 머릿속에만 흥얼거리던 음정이 바이올린 소리가 되어 들려왔다. 그 소리를 따라 시선을 옮기자 베짱이가 바이올린을 연주하고 있었다. 푸른 풀잎 위에 앉아 있는 베짱이는 활로 자연을 연주하듯 마치 시간의 흐름을 멈추고 있는 것 같았다. 포미는 넋을 놓고 바이올린 연주에 빠져들었다.

정신을 차려보니 어느새 바이올린 연주는 끝나 있었고, 포미는 박수를 보낼 수밖에 없었다. 베짱이는 그제야 포미가 듣고 있었다는 사실을 깨달은 것 같았다. 베짱이는 놀라 커졌던 눈빛을 금세 바꾸고는 부드러운 미소를 지으며 포미에게 인사를 건넸다.

"고맙구나."

"아니에요. 정말 멋진 연주였어요! 저야말로 멋대로 들어서 죄송해요."

"그런 걸로 미안해할 필요 없어. 연주자의 입장에서는 누군가가 즐겁게 들어주는 것만큼 고마운 일은 없단다."

"매일 밤 이렇게 연습하시는 거예요?"

"물론이지."

우쭐대는 기색 없이 베짱이가 말했다.

"우연히 듣게 된 연주였지만 정말 감동했어요. 괜찮으시다면 앞으로도 제가 연주를 들으러 와도 괜찮을까요?"

포미는 기회가 지금뿐이라 생각했는지 평소와는 다르게 적극적으로 말을 꺼냈다.

"나야말로 영광이야. 언제든 들으러 와도 된단다."

*

다음 날 아침, 포미는 평소와는 다르게 활기차게 일어날 수 있었다. 포미는 매일 밤 베짱이 아저씨의 연주를 들을 수 있다는 것만으로도 기운이 났다. 하루의 끝에 바이올린 연주를 들을 수 있다고 자신을 위로해 가면서 일상을 보냈다. 그 덕에 포미는 베짱이 아저씨와도 더욱 친해지게 되어 이제는 서로 깊은 이야기도 나눌 수 있게 되었다.

"언제부터 바이올리니스트가 되고 싶다고 생각한 거예요?"

"글쎄다. 나도 처음부터 바이올린을 좋아한 건 아니었어. 그저 클래식을 듣는 게 즐거웠는데 자연스레 나도 저렇게 연주할 수 있으면 좋겠다는 생각이 들더라고. 그러다 보니 바이올린을 연주할 수 있다는 것만으로 가슴이 뛰게 되는 지금까지 온 거지. 가슴이 뛰는 일이 있다는 건 참 좋은 거야. 그렇지?"

그렇게 말하는 베짱이 아저씨의 눈은 바이올린을 연주할 때처럼 순수해 보였다. 바이올린 생각만 해도 그렇게 좋은 걸까? 라는 생각이 들면서도 한편으론 베짱이 아저씨가 부러워졌다. 포미는 그의 말에 그렇다고 대답하면서 깊은 생각에 잠기게 되었다. 난 평생 일만 하면서 살아가야 하는 걸까? 내가 좋아하는 건 뭐지? 그럼, 나의 가슴을 뛰게 하는 건 뭘까? 포미는 태어나서 처음으로 자신이 무엇을 좋아하고, 어떤 일을 하고 싶은지 생각했다.

"네가 좋아하는 건 뭐니?"

베짱이 아저씨가 물었다. 포미는 그 질문에 쉽게 답을 할 수 없었다.

"대체 제가 좋아하는 게 뭘까요? 그러고 보니 전 제가 좋아하는 것에 대한 생각을 한 번도 해본 적이 없는 것 같아요."

"이번 기회에 한번 생각해 보는 게 어때? 진심으로 좋아하고, 하고 싶다는 일이 생긴다는 것만으로 너의 삶이 엄청나게 달라질 거야."

베짱이 아저씨와의 대화 후 자신이 좋아하는 일에 대해 고민하던 포미는 문득 다른 개미들의 생각이 궁금해졌다. 자신과는 다르게 다른 개미들은 늘 잘 해내고 있는 것처럼 보였다. 혹시 다른 개미들에게는 지금 하고 있는 일이 가슴을 뛰게 하는 것은 아닐까? 평소에는 다른 개미들에게 말을 걸지 않는 포미였지만 이번에는 용기를 내어 다른 개미들에게 말을 건네보았다.

"너희는 이 일을 왜 하는 거야?"

"왜냐니? 먹고살아야 하는데 당연한 거 아냐?"

"겨우 한다는 말이 그런 거냐?"

개미들은 왜 이런 질문을 하는지 전혀 이해하지 못하는 것 같았다. 개미들의 반응에 무안해졌지만, 포미는 다시 물었다.

"아니, 너희는 이 일이 정말 좋아서 하는 거야?"

"좋아하고 할 게 뭐가 있어? 그냥 하는 거지."

"그럼 그럼, 어차피 먹고살기만 하면 되는 거 아냐?"

"그래. 어차피 전부 다 해야 하는 거잖아?"

포미는 개미들의 대답을 들으며 한숨을 쉴 수밖에 없었다. 남들이 다 한다는 이유만으로 아무런 의심도, 생각도 하지 않고 따르는 개미들도 이해가 가지 않았지만, 며칠 전까지도 목표도 없이 하는 일에 불만만 품던 자신의 모습도 떠올랐기 때문이었다. 아무런 고민 없이 반복적인 일만 하는 개미들을 보며 생각 없이 살았던 지난날을 돌이켜 보게 되었다. 하지만 포미는 지난날의 자책보다는 앞으로의 성장이 더 중요하다는 것을 알고 있었다.

그리하여 포미는 개미 마을을 떠나 다양한 것을 찾아다니기로 결심했다.

★

마을을 나온 순간 다른 세상이 펼쳐졌다. 그림을 그리는 무당벌레, 달리기를 좋아하는 거북이, 억울한 동물들을 도와주는 토끼,

사공서윤

자신만의 식당을 운영하는 쥐, 심지어 자기 몸만 한 역도를 들어가며 훈련하는 대벌레까지도 있었다. 자신과 어울리든 어울리지 않든, 잘하든 못하든, 다들 자신이 하고 싶은 것을 하며 살고 있었다. 다양한 동물들과 곤충들이 저마다 많은 노력을 하며 살아가고 있는 모습들을 볼 수 있었다. 포미는 하고 싶은 것을 하며 살고 있는 동물들을 보며 희망을 품었지만, 동시에 자신도 그렇게 될 수 있을까에 대한 두려움도 느껴졌다. 잠깐이지만 하고 싶은 것이 아니더라도 그냥 늘 하던 일을 하고 사는 것이 낫지 않을까 하는 마음이 들기도 했다. 그렇게 혼자 고민하고 있던 포미에게 누군가 말을 걸어왔다.

"내가 그림 하나 그려줄까?"

빨간 바탕에 검은 물방울무늬가 매력적인 무당벌레였다.

"네? 저한테 하신 말씀이세요?"

"네가 좋아하는 걸 하나 그려줄게. 말만 해."

자신의 그림에 자부심이 강한지 무당벌레 아주머니가 자신만만하게 말했다. 갑작스럽기는 하지만 내심 기대가 되었던 포미는 무엇을 그려달라고 하면 좋을지 곰곰이 생각했다.

"무엇을 그려달라고 할지 모르겠다면 간단하게 좋아하는 것 정도로 하면 어때?"

무당벌레 아주머니가 말했다.

좋아하는 것이 간단한 것이라고 말하는 무당벌레에게 왜인지 모를 존경심과 이질감이 느껴졌다. 포미는 무당벌레 아주머니에게 이 말을 하지 않을 수 없었다.

"아주머니는 그림 그리는 걸 좋아하는 거예요?"

"당연하지, 하지만 그림 그리는 것 말고도 내가 좋아하는 건 많단다. 내 무늬랑 똑 닮은 물방울무늬도 좋아하고 남의 고민을 들어주는 것도 좋아하지, 뭐 항상 좋은 해결책을 제시해 주는 건 아니지만 말이야. 그리고 단순히 사과를 좋아해 맛있고, 빨간색이니까! 그래 그러고 보니 빨간색도 좋아하지! 참, 그리고 또 뭐가 있더라……. 난 항상 말하려고만 하면 생각이 안 나더라."

무당벌레 아주머니는 엄청나게 빠른 속도로 재잘재잘했다. 포미는 좋아하는 것이 그렇게나 많다는 것에도 놀랐지만 잠깐 사이에 엄청나게 많은 양의 말을 빠르게 쏟아내는 점에서 더 놀랐다.

"말하는 것도 되게 좋아하시는 것 같아요."

말하면서 웃음이 터진 포미였다.

"어머! 내가 말이 좀 많았지? 미안해. 내가 한번 말하기 시작하면 주체가 잘 안 되어서 말이야. 그건 그렇고 우리 무슨 이야기 하고 있었지?"

포미는 이번에도 웃음을 참을 수 없었다. 이번에는 무당벌레 아주머니도 함께 웃음이 터졌다. 포미는 어느새 남과 이야기하는 것에 즐거움을 느끼고 있었다.

"저한테 좋아하는 것에 대해서 물어보셨어요."

아직 진정되지 않았는지 웃음 섞인 목소리로 포미가 말했다.

"그랬지. 참, 아무튼 아주머니가 이야기한 것처럼 좋아하는 것이 반드시 대단한 것이어야 할 필요는 없단다. 사소한 것 하나하나에도 행복을 느낄 수 있다면 그게 좋은 거 아니겠어?"

포미는 잠이 오지 않을 때면 산책하던 밤의 숲이 떠올랐다.

"그럼 전 나무가 좋아요!"

무당벌레 아주머니는 빠르게 그림을 그리기 시작했다. 포미는 아주머니가 그리고 있는 그림의 모습은 보이지 않았지만 잘 그리고 있다는 것이 느껴졌다.

"다 됐다! 어때?"

금세 그림을 완성한 아주머니가 종이를 돌려 포미에게 보여주었다. 하지만 포미는 차마 진실을 말할 수 없었다. 예상과 달리 아주머니의 그림은 애매했기 때문이다. 못 그린 것은 아니었지만 그림을 하는 일로 삼고 있다기에는 많이 미흡해 보였다. 잠깐의 정적이 흐르긴 했지만 포미는 에둘러 그림에 대한 칭찬을 시작했다.

"아. 하하. 잘……. 그리셨어요. 하. 하하."

하지만 포미가 칭찬에 서툴렀던 탓인지 아주머니는 그것을 눈치 챈 것 같았다.

"내가 썩 그림을 잘 그리는 건 아닌 것 같지? 난 말이야, 사실 그림에 재능이 없어. 그런 건 예전부터 알고 있었지. 하지만 난 그림 그리는 게 너무너무 좋아서 도저히 그림을 포기할 수 없었어. 물론 그림을 잘 그리는 걸로 유명해지진 못했지만, 내가 좋아하는 일을 할 수 있다는 것에 늘 감사함을 느끼고 있어. 진심으로."

"그럼 아주머니는 그림으로 먹고살지 않고 있어요?"

"뭐, 그림만으로 먹고살기는 조금 버겁지. 그래서 다른 일도 해가면서 그림도 그리고 있어. 하지만 난 후회하지 않아. 행복이란 것이 꼭 돈은 아니라고도 생각하고 말이야."

이런 말을 하는 무당벌레 아주머니는 정말로 행복해 보였다. 포미는 잠시나마 자신이 좋아하는 일보다 자신이 잘할 수 있는 일을 하는 것이 좋을지도 모른다고 생각했다. 게다가 좋아하지 않는 일을 해도 먹고살 수만 있다면 좋아하는 일을 하면서 힘들게 사는 것보다는 낫지 않을까 하는 생각도 했지만 역시 좋아하는 일을 찾아야겠다고 결심했다.

그렇게 자유롭게 돌아다니며 즐거운 추억을 많이 쌓은 포미였다. 포미는 좋아하는 것을 찾으러 모험을 떠난 것이었지만, 삶의 목적에 대해 생각해 보게 되었다. 자신이 좋아하는 것을 할 때, 볼 때, 느낄 때, 행복할 수 있다면 삶이란 살아가는 동안에 자신이 좋아하는 것을 찾아가는 과정이 아닐까 하는 생각도 들었다. 그리고 모험을 통해 또 한 가지 알게 된 것이 있다면 베짱이 아저씨의 바이올린 소리만큼 즐거운 일은 찾지 못했다는 것이었다. 결국 포미는 개미 마을로 돌아왔다.

사공서윤

"전 바이올린이 정말 좋아요."

오랜만에 만난 베짱이 아저씨에게 포미가 말했다. 포미는 그에게 자신의 가슴을 뛰게 하는 것이 바이올린이었다고 전했다.

"네가 좋아하는 일을 찾았다니 정말 기쁜 일이구나!"

베짱이 아저씨가 말했다.

"그럼, 전 뭘 하면 돼요? 아저씨처럼 바이올린을 연주하고 일은 안 해도 되는 거예요?"

포미는 아무런 악의 없이 호기심 가득한 마음으로 물어보았다.

"일은 안 해도 된다……고 확실히 말해줄 순 없을 것 같다. 일단 포미 넌 아직 어리고 좋아하는 건 언제든지 바뀔 수도 있어. 또 언젠가는 네 꿈을 이루기 위해 일을 해야 할 수도 있단다. 하고 싶은 일을 한다는 게 쉬운 길이 아닐 수도 있다는 거야. 난 물론 내가 좋아하는 일을 하며 살아가고 있는데도 너한테는 선뜻 나처럼 해도 된다고는 못 해주겠구나. 그냥 너에게 있어 가장 중요한 것을 생각해 봐."

베짱이 아저씨는 명확한 답을 해주지 못했지만, 포미는 스스로 답을 내린 것 같았다. 그렇게 매일 밤마다 베짱이 아저씨의 연주를 들으러 가던 포미가 이제는 베짱이 아저씨와 함께 바이올린을 연주하게 되었다. 베짱이 아저씨를 만나기 전 포미의 일상은 늘 똑같왔다. 눈을 뜨면 일을 하러 갔고, 하기 싫어도 먹고살아야 하니 해왔다. 일이 끝나고 집으로 돌아와서도 자신이 앞으로 어떻게 살아갈 것인지, 자신이 좋아하는 것이 무엇인지, 자신에 대한 것을 진지하게 생각해 본 적이 없었다.

그랬던 포미가 베짱이 아저씨의 바이올린을 계기로 자신이 좋아하는 것을 찾겠다는 목표를 가졌다. 그 후로 포미의 삶은 완전히 달라졌다. 베짱이 아저씨와 함께 바이올린 연주를 하고, 가끔 무당벌레 아주머니를 만나 서로의 근황을 이야기하며 수다도 떨었다. 이제는 삶이 즐거워진 포미였지만, 여전히 다른 개미들이 신경 쓰였다.

"전 마을의 개미들도 좋아하는 일을 찾았으면 좋겠어요. 꼭 거창한 게 아니라도 말이에요. 소소한 것이라도 삶에 즐거움을 찾을 수 있다는 것을 알았으면 좋겠어요."

오랜만에 무당벌레 아주머니를 만난 포미는 고민을 털어놓았다.

"전에도 생각한 거지만 너랑 있으면 꼭 동화 속 인물이 된 것 같다고나 해야 할까. 대화의 흐름이 꼭 교훈을 주어야 할 것 같은 분위기로 흘러가는 것 같아."

무당벌레 아주머니가 말했다.

"난 좋은데, 오늘은 무슨 멋있는 말을 해줘야 하나 고민도 되고."

베짱이 아저씨는 아무래도 상관없다는 말투였다. 베짱이 아저씨

사공서윤

와 무당벌레 아주머니는 포미를 계기로 친해지게 되었다. 둘 다 예술가인 만큼 자유로운 성향이 강해 친해지기는 어려울 것이라 생각했는데, 어떻게 둘은 생각보다 잘 맞았다. 그들만의 통하는 세계가 있나 보다라고 포미는 생각했다. 세 사람은 가끔이지만 모여서 이야기를 하고는 했다. 워낙 자유분방한 곤충들이라 약속을 잡기가 까다롭긴 하지만 이 만남은 어느새 포미의 소소한 행복에 큰 부분을 차지하고 있었다. 내색하진 않지만 둘도 마찬가지일 것이다. 결국 이날 포미는 고민의 답을 듣기보단 재밌게 웃고 떠들다 고민했다는 것도 잊고 집으로 돌아와 버렸다.

*

"너 요즘 포미 본 적 있어?"

"맨날 힘없던 걔 말하는 거지?"

"응. 전에 들어보니까 그 바이올린 켜던 베짱이랑 어울린다는 것 같던데."

"그래도 요즘은 좀 밝아 보여······."

"그렇지? 뭔가 반짝반짝 빛나는 것 같아."

포미의 변화를 눈치챈 것은 다름 아닌 늘 같이 일하던 개미들이었다. 그들은 늘 힘없고 하기 싫어하는 티만 내던 포미가 갑자기 밝아지고 열정이 생긴 모습에 의문을 품기 시작했다.

"그러고 보니 쉬는 날이면 늘 마을 밖을 나가는 것 같더라고."

개미들 사이에서는 마을 밖을 나간다는 것이 엄청난 일인 건지 속삭이며 말했다.

"그런 건 어떻게 아는 거야?"

"사실 쉬는 날이면 늘 집에 없는 것 같길래 몰래 따라가 봤어."

"너도 참……."

"아무리 궁금해도 그렇지, 그걸 또 따라가 보니?"

개미들은 호기심에 따라 행동하는 것을 이해하지 못하는 것 같았다.

"너넨 궁금하지도 않아? 그렇게 어둡던 애가 한순간에 밝아지고는 일도 열심히 하고 베짱이랑 바이올린 연주를 하고 주말에는 마을 밖에도 막 나가고……."

"그건 좀 궁금하긴 하다."

"그렇지? 난 사실 좀 부러워……. 그래서 이렇게 신경 쓰이는 건가. 어쨌든 그 애 눈빛을 달라지게 한 게 뭔지 좀 알고 싶어."

그 말에 아무 생각 없던 개미들 또한 포미에 대한 궁금증이 생겨나기 시작했다.

마을을 환하게 비추는 햇살은 오늘도 눈부셨다. 푸른 하늘은 구름 한 점 없이 맑게 펼쳐져 있었고, 짜증 나기만 하던 햇살이 이제는 포미에게 오늘을 활기차게 보낼 수 있는 원동력이 되었다. 포미

사공서윤

는 쉬는 날임에도 불구하고 빠르게 움직이고 있었다. 어느 순간부터 포미의 일상은 바쁜 만큼 알차게 변해가고 있었다.

그렇게 평소처럼 베짱이 아저씨와의 연주를 위해 집을 나서는 길이었다. 그때 누군가가 포미를 찾아왔다.

"나랑 얘기 좀 할 수 있을까?"

포미를 찾아온 것은 다름 아닌 같이 일을 하는 동료 개미들이었다. 포미는 갑작스러운 방문에 깜짝 놀랐다.

"물론이지. 무슨 일이야?"

당황한 기색을 애써 감춘 포미는 최대한 덤덤하게 대답했다.

"지금 어디 가는 길이야?"

"어디 가는 길이냐니……. 바이올린 연주?"

별거 아닌듯한 질문에 포미는 오히려 긴장이 풀렸다.

"그건 왜 물어보는 거야?"

포미가 말했다.

"포미 너, 요즘 많이 달라진 것 같아. 굉장히 좋은 일이 있는 것 같기도 하고."

"응, 꼭 다른 사람 같아. 무슨 일이 있었던 거야?"

"염치없을지도 모르지만 그걸 알고 싶어서 이렇게 찾아오게 된 거야……."

개미들이 저마다 한 마디씩 말했다. 포미는 기쁜 마음을 감추기 힘들었다. 자신이 개미들의 마음을 바꾸기 위해 어떻게 해야 할지 고민하던 찰나에 개미들이 제 발로 찾아와 도움의 손길을 내민 것과 다름없었기 때문이다.

"너희 꿈이라는 게 있어?"

포미는 기회를 놓치지 않고 질문을 던졌다.

"잘 때 꾸는 그거 말하는 거야?"

"아니 그거 말고, 하고 싶은 일이나 이루고 싶은 거. 아니면 좋아하는 거라도!"

포미는 웃으며 말했다.

"음……. 그런 건 생각해 본 적 없는데."

"질문이 너무 어려운 거 아냐?"

"일만 하느라 생각해 볼 시간도 없었어."

"애초에 생각할 필요는 있는 거야?"

개미들이 저마다 질문에 대한 말을 늘어놓았지만, 질문에 답을 하는 이는 없었다.

"하지만 좋아하는 걸 생각해 본다는 건 그리 나쁘지 않아. 진심으로 좋아하고, 하고 싶다는 일이 생긴다는 것만으로 너의 삶이 엄청나게 달라질 거니깐."

포미는 베짱이 아저씨의 말을 그대로 하게 된 것에 속으로 웃음이 났다. 그리고 언젠가는 자신의 말로도 개미들에게 도움을 주고 싶다고 생각했다.

"말로 설명하는 것보단 직접 보고 느끼는 게 좋겠지? 일단 날 따라와 봐!"

이번에 당황한 것은 개미들이었다. 이 말을 뒤로 혼자 뛰어가는 포미를 개미들은 따라갈 수밖에 없었다. 포미는 개미들을 마을 밖으로 데리고 와 자신이 보았던 풍경을 보여주었다. 그곳에서는 오늘도 꿈을 이루고 있는 여러 동물들과 곤충들이 눈을 반짝이고 있었다. 그림을 그리는 무당벌레, 달리기를 좋아하는 거북이, 억울한 동물들을 도와주는 토끼, 자신만의 식당을 운영하는 쥐 심지어 자기 몸만 한 역도를 들어가며 훈련하는 대벌레까지, 그들은 오늘도 열심히 꿈에 가까워지고 있었다. 그리고 그들의 바라보는 개미들의 눈도 반짝이기 시작한 것 같았다.

"난 오늘 여기서 베짱이 아저씨랑 바이올린 연주를 하려고 왔어. 괜찮으면 너희도 들으러 올래? 아니 사실 들으러 와줬으면 좋겠어."

개미들은 포미의 간절한 부탁이 없었어도 들으러 갈 생각이었지만 포미가 먼저 부탁해 준 덕에 마음을 놓았다.

포미는 베짱이와 함께 바이올린 연주를 시작했다. 그들의 바이올린 소리는 금세 관객들을 사로잡았다. 감미로운 울림과 황홀한 선율이 아름다운 소리를 만들어 내었다. 그렇게 연주가 끝나자 엄청난 박수 소리와 함성이 터져 나왔다. 포미는 연주가 끝나고 곧장 개미들에게 향했다.

"어땠어?"

"정말 근사하더라. 너한테 이런 재능이 있을 줄이야! 아직도 네 바이올린 소리가 머릿속에서 떠나질 않아."

유독 포미에게 큰 관심을 보이던 개미는 아직도 포미의 연주에 여운이 가시지 않은 듯했다.

"나도 너처럼 근사한 꿈을 가질 수 있을까?"

"물론이지. 나도 바이올린이 좋다는 걸 깨닫기까지 오래 걸렸는 걸."

"꿈은 누구에게나 공평하단다."

어느샌가 옆에 와 있던 베짱이 아저씨가 말했다.

"마을 밖까지 나온 김에 여기저기 둘러보는 게 어때? 세상은 정말 넓고, 다양한 사람들이 저마다의 모습으로 살아가고 있어. 게다가 개미 마을이 얼마나 작은 곳이었는지 알게 될 거야."

포미는 개미들에게 도움이 될 수 있을 만한 것들을 보여주고 설명했다. 흩어져서 이곳저곳을 구경하게 된 개미들은 모두 새로운 환경에 내던져졌지만, 결과는 제각각이었다. 금방 하고 싶은 것을 찾은 개미도 있었고, 하고 싶은 것은 찾지는 못하였지만, 자신에 대한 성찰을 시작한 개미도 있었다. 그런 반면 좋아하는 것을 찾기보다는 여전히 일을 하는 것이 좋다고 말하는 개미도 있었다. 일을 하는 것이 나쁜 것은 아니지만, 수동적이고 틀에 갇힌 삶을 살지는 않았으면 했다.

"노래 좋다. 이번에 연주하는 곡이야?"

같이 일하는 개미가 물었다. 포미는 일을 하면서 무의식적으로 이번에 연주할 곡을 흥얼거리고 있었다. 포미는 개미들과 서로의 관심사를 공유하며 이야기할 수 있다는 것이 정말 즐거웠다. 그들은 서로의 마음을 열고 서로의 관심사를 교환하며 자신들의 세계를 더욱 넓히고 있었다. 또 마음을 공유하며 그들의 관계 또한 점점 가까워졌다.

"응! 이번에도 보러 올 거지?"

"물론이야. 너도 내 연극 보러 오는 거 잊으면 안 된다."

"나도 너네처럼 하고 싶은 일을 빨리 찾아야 할 텐데, 책 읽는 것도 좋고, 노래도 좋고, 여행도 좋고, 탁구 치는 것도 좋은데…….
세상엔 왜 이렇게 재밌는 일이 많은 걸까?"

둘의 대화를 듣고 있던 다른 한 개미가 말했다.

"좋아하는 일이 그렇게나 많은데 하나씩 해보면서 직업으로 삼을만한 걸 찾아보면 어때?"

포미가 나름대로 해결책을 제시했다.

"근데 또 이걸 직업으로 삼고 싶은 건 아닌 것 같아. 취미 정도이려나?"

"뭐야…….'

"난 오늘만으로도 충분히 즐거워!"

마냥 활기찬 대답에 개미들은 일을 하다 말고 다 같이 소리 내어 웃었다. 그렇게 웃으면서도 정말로 오늘 하루가 즐거운데 뭐 아무렴 어떤가라고 포미는 생각했다. 햇살이 녹아든 작은 마을에는 여름이 물들어 있었다. 개미들은 무더운 날씨에도 불구하고 오늘도 열심히 일을 하고 있다. 뜨거운 태양 아래 일을 하고 있는 개미들은 마치 끊임없이 빛나는 태양 아래에서 피어나는 희망의 꽃들처럼 보였다.

사공서윤

사공서윤

안녕하세요.

'덥지 않을 여름'을 쓴 사공서윤입니다. 이 이야기는 베짱이의 꿈을 응원하고 싶던 저의 마음에서 시작되었습니다.

이 이야기를 쓰게 됨과 동시에 주인공의 이름에 대한 고민이 참 많았습니다. 작품 속 유일하게 이름이 있는 '포미'는 프랑스어로 개미라는 뜻입니다. 포미가 개미 마을의 작지만 큰 혁명을 일으킨다는 것을, 혁명의 상징으로 여겨지는 프랑스를 통해 암시적으로 나타내 보았습니다.

처음에는 포미가 꿈을 이루는 과정을 이야기로 만들고 싶었습니다. 하지만 이야기를 써나가는 과정에서 꿈보다는 삶에 대해 더욱 생각해 보게 되었고, 꼭 무언가를 쟁취해야 행복해지는 것인가라는

의문도 생기게 되었습니다. 포미가 꿈을 찾는 과정에서 얻게 된
소소한 행복들이 포미의 삶에 '꿈'보다 더 많은 즐거움을 줄 수 있
지는 않을까요?

　물론 제가 내린 결론이 정답이라고 생각하지는 않습니다. 제가
포미와 함께 내려본 행복한 삶에 대한 답일 뿐입니다. 이 이야기
를 읽으신 분들이 내리게 될 답은 모두 다르겠지만 이야기 속 개
미들처럼 오늘을 즐겁다고 느끼고 내일을 기대할 수 있다면 그게
정답이 되는 것 아닐까요?

사공서윤

　여러분들은 숲속에 사는 마녀에 대해 아시나요? 모르시
는 분들이 많을 겁니다. 그 마녀는 숲 그 자체니까요. 길을 잃은 사
람들에게 출구를 안내하고, 숲에서 하는 행동으로 생계를 유지하
는 사람들에게 자신의 일부분인 숲을 내어주고, 도망쳐 나온 사람
들에게 안전한 보금자리와 새로운 삶을 제공해 줍니다.

　물론 그 마녀도 예전에는 사람들과 섞여 살았습니다만 어느 날부
터인가 자신을 배척하고, 거부하던 사람들 때문에 숲으로 도망치다
시피 온 것이었습니다. 그나마 다행인 점이라고 한다면 그 마녀는
심성이 너무 착해서 사람들을 함부로 미워하지 못한다는 것입니다.
그런 마녀의 심기를 건드린 남매가 있다면 믿으시겠습니까?

　제가 지금부터 들려드릴 이야기는 그 남매에 관한 이야기입니다.

헨젤과 그레텔, 어머니와 이별하고 아버지와 셋이 살던 불쌍한 남매였습니다. 그러던 어느 날, 남매의 아버지가 한 여성을 데려오더니 남매를 향해 '너희들의 새어머니란다.'라는 식의 통보를 했습니다. 그 이야기를 들은 남매는 행복했습니다. 드디어 자신들에게도 다시 어머니가 생긴다는 사실이 믿기지 않았습니다.

남매의 새어머니는 다정한 사람이었습니다. 아침에는 잘 잤냐며 안부를 물어보고, 맛있는 빵과 따뜻한 우유, 남매의 일정을 소화해 주는 정말 멋진 사람이었습니다. 물론 남매의 아버지가 있을 때만 말입니다.

남매의 새어머니는 남매가 아버지의 시야에서 멀어지고, 소리를 들을 수 없게 되면 남매를 모질게 대하였습니다. 밥도 챙겨주지 않았고, 알아서 살라는 식이었습니다. 남매의 일상은 어머니가 없던 시절보다 더 슬퍼졌습니다.

남매는 이해할 수가 없었습니다. 왜 저런 나쁜 사람이 자신들의 어머니인지 받아들이지 못했습니다. 원래 어머니란 대가 없이 우주처럼 넓은 마음으로 사랑을 주는 존재가 아니던가요? 남매는 용기 내어 남매의 아버지에게 새어머니의 행동을 알렸습니다. 그러나 돌아온 말은 냉담하기 그지없었습니다.

"아무리 엄마가 어색하다고 해도 그렇지, 어떻게 거짓말을 할 수가 있어!"

남매는 몹시 충격을 받았습니다. 자신들의 평생을 같이 살아온 아버지가 만난 지 얼마 지나지도 않은 새어머니를 자신들보다 더욱 믿는다는 사실이 너무 슬펐습니다. 어린 나이의 남매는 더 충격이었을 겁니다.

새어머니보다 자신들이 아버지와 더 오래 살았는데 왜 아버지는 자신들이 아닌 새어머니에게 죽고 못 사는지 이해가 되지 않았습니다. 자신들은 어머니의 남은 유일한 핏줄인데도 새어머니에게 가볍게 밀린다는 사실에 자신의 존재를 부정당하는 느낌이 들었습니다.

그날 이후로 남매는 방 밖으로 나오지 않으려고 안간힘을 썼습니다. 마치 이 방에서 나가면 자신들은 더 이상 제대로 살아갈 수 없는 것처럼 악을 써가며 버텼습니다. 아이들이 유일하게 방 밖으로 나오는 시간은 집에 남매만 남겨졌을 때였습니다. 그때는 자신들을 사랑하지 않는 새어머니도, 그런 새어머니의 말만 믿고 자신들은 안중에도 없는 사람처럼 대하는 아버지도 없었기에 남매는 마음을 놓고 집 안을 돌아다닐 수 있었습니다. 남매는 그 시간을 이용해서 끼니를 해결하고, 화장실도 가고, 샤워도 하고, 책도 읽으며 자신들만의 시간을 누구보다 열심히 알차게 보냈습니다. 그리고 집에 어머니나 아버지 둘 중 한 명이 돌아올 시간이 되면 누가 먼저랄 것 없이 방 안으로 들어가는 나날을 반복했습니다.

부모님을 불신해서 좋을 것이 없다는 것을 알고는 있었으나 지금까지 상황들을 미루어 보았을 때 부모에 대한 남매의 불신은 당연한 일이었습니다.

　그날은 유독 남매의 낮잠이 길었던 날이었습니다. 그 덕분에 남매는 밤잠을 설쳤습니다. 방문에 귀를 대고 방 밖의 소리를 확인한 남매는 부모님의 인기척이 없는 것을 확인하고 몰래 방 밖으로 나왔습니다. 한 발짝, 두 발짝 걸음을 옮겨 남매가 필요한 것을 가지러 부엌으로 이동하는 남매의 귀에 새어머니의 거짓 섞인 울음이 들려왔습니다. 남매는 발을 멈추고는 벽에 바짝 붙어 소리에 집중하기 시작했습니다.

　"언제까지 헨젤과 그레텔을 봐줘야 하나요? 저 너무 힘들어요. 아이들이 저를 너무 싫어해서 자꾸 밖으로 안 나오려고 하는데 저는 엄마 자격이 없는 걸까요?"

　어린아이들이었지만 새어머니가 거짓말을 하고 있다는 것을 모를 리 없었고, 아버지가 그 거짓말에 속아 넘어갔다는 것도 모르지 않았습니다. 그럼에도 남매는 아버지의 대답을 기다렸습니다. 당한 것은 많지만 가족의 정이 그렇게 쉽게 끊어지는 것이 아니라 했던가요. 남매는 아버지만은 자신들의 편일 것이라는 믿음으로 아버지의 대답을 기다렸습니다.

　"당신 잘못이 아니니 울지 말아요. 아이들이 어려서 그런 거예요. 이참에 아이들을 이웃집에 주고 우리끼리 사는 건 어때요?"

아버지를 향한 남매의 믿음의 결과는 명백한 배신과 상처로 돌아왔습니다. 헨젤은 뒷걸음질을 쳤고, 그레텔은 그 자리에 주저앉아 아무 행동도 하지 못했습니다. 세상 그 어느 아이가 부모의 저런 무책임하고, 비도덕적인 발언을 아무렇지 않게 받아들이고, 태연하게 행동할 수 있을까요.

지금 남매가 할 수 있는 것은 겨우 절망하기, 그거 하나였습니다. 뒷걸음질을 치던 헨젤은 평정심을 되찾은 건지, 마음을 다잡은 것인지 바닥에서 꼼짝하지 않는 그레텔에게 다가갔습니다. 헨젤은 그레텔을 일으켜 현관으로 향했습니다. 그레텔은 넋이 나간 듯 헨젤의 손에 이끌려 갔습니다. 어렵게 현관문을 열며 황급히 집 밖으로 나온 남매는 한참을 걸어 집과 떨어진 길에 다다라서야 긴장이 풀린 듯 자리에 주저앉았습니다. 정확히는 침착하게 행동하던 헨젤이 현실을 직시하기라도 한 듯 그레텔의 손을 놔버린 것이었습니다.

그 뒤로 둘 사이에서는 그 어떠한 말도 오가지 않았습니다. 어린 아이들의 사고로 생각할 수 있는 범위를 훌쩍 넘겨버린 이 상황이 여전히 믿기지 않을 뿐, 그 어떠한 행위도 말도 취할 수가 없었습니다.

"짝-."

그레텔은 손바닥이 부딪히는 소리와 함께 무언가 결심이라도 한 듯이 작게 소리를 내었습니다. 소리에 놀란 헨젤이 고개를 돌려 보자 그레텔이 말했습니다.

"따라와. 여기서 나가자!"

그레텔은 헨젤을 일으켜 세우고는 근처 바닥에 버려져 있던 빵을 주워 들고는 어딘가로 향하기 시작했습니다. 헨젤은 조금 전까지만 해도 세상을 다 잃은 것처럼 행동하는 그레텔이 갑자기 정신을 차리고 어딘가로 향하는 모습을 그저 따라가기만 했습니다. 굳이 방해할 필요도 없었고, 방해할 만한 이유도 없었습니다. 그렇게 그레텔의 손에 이끌려 헨젤이 도착한 곳은 마녀가 산다는 숲이었습니다.

헨젤은 덜컥 겁이 났습니다. 전에 들은 적이 있었기 때문이었습니다. 이 숲에 관한 이야기를, 이 숲에 사는 마녀에 관한 이야기를 말입니다. 헨젤은 숲속으로 발걸음을 옮기기 시작한 그레텔을 황급히 막아섰습니다. 그레텔은 자신을 잘 따라오던 헨젤이 갑자기 왜 이러는가 싶어 헨젤을 바라봤고, 사색이 된 헨젤과 눈이 마주쳤습니다. 그레텔은 다급히 가던 발걸음을 멈추고, 헨젤의 주위를 살폈습니다. 이 숲에 관한 이야기는 모르는 그레텔의 입장에서는 당황스럽기 그지없는 일이었습니다.

"무슨 일이야? 헨젤."

헨젤이 떨리는 목소리로 그레텔의 물음에 대답했습니다.

"이 숲……. 마녀가 살잖아, 못 들었어?"

그레텔은 그제야 헨젤이 왜 이런 반응을 보였는지 알게 되었습니다. 그리고는 괜찮다는 듯 헨젤의 어깨를 토닥였습니다.

"마녀가 살아? 그건 몰랐어. 그냥 이 숲을 지나면 다른 마을이 나온다는 것밖에 몰랐어."

"이 숲은 절대 안 돼. 돌아가자, 응?"

헨젤의 간절한 부탁에 그레텔은 침착하게 대답했습니다.

"잘 들어, 헨젤. 지금 우리가 다시 집으로 돌아가든, 저 숲으로 들어가든, 결국 결과는 똑같을 거야. 그렇다면 숲으로 들어가는 게 더 낫지 않겠어?"

헨젤은 그레텔의 말에 잠시 고민하더니 작게 고개를 끄덕였습니다. 그 모습을 본 그레텔은 밝게 웃으며 헨젤의 손을 꽉 잡았습니다. 안심하라는 뜻이었습니다. 그렇게 남매는 마녀가 산다는 숲속으로 발걸음을 옮겼습니다. 용기를 내어 숲으로 들어오기는 했지만, 헨젤의 손은 여전히 떨리고 있었습니다. 그레텔은 그런 헨젤의 손을 빌려 아까 들고 온 빵을 조각조각 내어 땅에 뿌리기 시작했습니다. 자신들이 왔던 길로 돌아갈 수 있게끔 표시하는 것이었습니다.

하지만 한밤중에 어린아이 둘이 겨우 빵 한 조각만을 들고 나갈 수 있을 만큼 산은 그리 쉬운 곳이 아니었습니다. 그렇게 10분, 20분, 30분……. 결국 남매는 숲속에서 길을 잃었습니다. 돌아가는 길도 없어진 지 오래였습니다. 빵은 이미 분해되어 사라졌고, 바닥에 떨구었던 조각들은 까마귀들이 다 물어갔으니 말입니다. 결국 헨젤의 눈에서 눈물이 떨어졌습니다.

"내가 오지 말자고 했잖아."

헨젤의 말에 그레텔은 아무런 반응도 없었습니다. 뭔가 이상함을 느낀 헨젤은 그레텔의 옆에 서서 저 앞을 손으로 가리켰습니다.

"저길 봐. 집이야!"

헨젤의 눈에 들어온 것은 맛있는 과자들로만 만들어진 집이었습니다. 헨젤과 그레텔은 서로 누가 먼저라고 할 것도 없이 과자 집으로 향했습니다. 며칠 동안 제대로 먹은 것도 없던 남매는 허겁지겁 집을 뜯어먹기 시작했습니다. 집의 주인이 누구인지는 그다지 중요하지 않았습니다. 지금 남매에게 중요한 것은 오직 허기를 채운다, 그거 하나뿐이었습니다. 그렇게 집의 한쪽 벽면과 정원을 뜯어먹은 남매는 이제야 만족스러운지 자리에 앉아 꽉 찬 배를 만지며 소화를 시키기 시작했습니다. 소화를 시키며 서로를 바라본 남매는 서로의 웃긴 모습에 환하게 웃으며 서로를 놀렸습니다.

"내 집……."

소화를 시킨 남매가 사이좋게 자고 있을 무렵, 집의 주인인 마녀는 다 갉아 먹힌 자신의 집을 보며 절망에 빠졌습니다. 정신을 차린 마녀는 누가 이렇게 무례하고, 예의가 없는지 확인하기 위해 주위를 둘러보았습니다. 마녀의 눈에 곤히 자는 남매가 들어왔습니다. 화난 발걸음을 옮겨 지팡이를 높이 들어 올린 마녀는 남매의 상태를 보고 멈칫할 수밖에 없었습니다. 멀리서 봤을 때는 잘 몰랐으나 남매는 야위어 있었습니다. 얼마나 야위었는지 집을 그렇게 뜯어먹었는데도 무언가를 먹은 것 같다는 느낌이 들지 않을 지경이었습니다. 마녀는 겨우겨우 화를 억누르고 바닥에서 곤히 자는 남매를 자기 집에 있는 침대로 옮겼습니다. 남매가 깨어나면 먹일 간식과 식사를 만들고, 남매가 갉아 먹은 집도 복원했습니다.

다음 날 아침, 헨젤이 먼저 일어났습니다. 일어나자마자 보이는 과자로 이루어진 벽과 침대, 달콤한 냄새가 가득한 과자 집에 헨젤은 어제의 일이 꿈이 아니었음을 깨달았습니다. 헨젤은 옆에서 자고 있는 그레텔을 깨웠습니다. 이 집의 주인이 누구인지는 모르겠으나 일단 자신들은 아무런 허락 없이 이 집을 갉아 먹었고, 당당하게 그 자리에서 잠을 자고 있었기 때문입니다. 심성이 착한 주인인 것과 별개로 이것은 자신들의 잘못이 맞으니 사과를 하는 것이 맞았습니다. 아직 잠이 깨지 않아 웅얼거리고 있는 그레텔의 손을 잡고 이끌어 밖으로 향한 남매는 흔들의자에 앉아 뜨개질을 하고 있는 마녀를 봤습니다. 마녀는 옆에서 들리는 소리에 고개를 돌려 남매를 바라봤습니다.

"잘 잤니?"

생각과 달리 마녀의 다정한 물음에 헨젤은 잠시 대답을 망설이다가 겨우 한 마디 내뱉었습니다.

"네……."

마녀는 헨젤의 대답에 만족한 것인지 싱긋 웃으며 남매를 식탁으로 안내했습니다. 그곳에는 마녀가 전날 남매가 깨어나면 먹이기 위해 준비한 음식들이 줄을 지어 놓여 있었습니다. 먹을 것을 본 남매는 신이 나 자리에 앉아 허겁지겁 밥을 먹기 시작했습니다. 마녀는 그 모습을 보고는 남매에게 동정심을 느끼기 시작했습니다. 그도 그럴 것이 아직 학교도 가지 않은 것 같은 남매가 무슨 사연이 있어서 이렇게 멀리까지 도망을 왔을까 하는 생각이 들었기 때문이었습니다. 마녀는 밥을 먹고 있는 남매의 맞은편에 앉아 허겁지겁 먹고 있는 남매를 잠시 살펴보더니 운을 띄워 말을 시작했습니다.

"나랑 같이 여기서 살지 않을래? 조건은 딱 두 개야!"

헨젤과 그레텔이 밥을 먹다 말고는 이게 무슨 말인가 싶어 고개를 마녀 쪽으로 들어 올렸습니다. 마녀는 당연한 남매의 행동에 차분히 말을 이어갔습니다.

"돌아갈 데가 없는 것 같아서 말이야. 조건 하나는 이 집에 사는 동안 내가 하는 집안일을 돕는 것이고, 나머지 하나는 내가 차려주는 밥을 남김없이 먹는 거야."

둘 다 그렇게까지 어려운 일은 아니었기에 남매는 고개를 끄덕이고는 다시 밥을 먹기 시작했습니다.

마녀는 식사를 끝낸 남매들의 손에 집 안을 청소할 수 있는 청소용품들을 하나씩 주며 집안일에 대해 간단히 설명했습니다. 남매는 자신들의 밥을 챙겨준 마녀에게 보답이라도 하듯 금방 일을 배워 마녀의 집안일을 돕기 시작했습니다. 사실 마녀는 마법을 부릴 줄 알아 집안일이 필요가 없으나 아무런 대가 없이 남매를 지내게 하는 것은 아니라는 생각에 일부러 남매에게 이러한 일을 시킨 것이었습니다. 그것을 알 리가 없는 남매는 마녀 혼자서 이 집을 하나하나 청소했을 생각에 마녀를 잠시 측은하게 바라보고는 다시 청소에 임했습니다.

이후의 일은 밥을 먹고, 청소를 하고, 밥을 먹고, 청소를 하는 것이었습니다. 그 뒤에는 욕조에 물을 받아 씻고, 잠옷을 입고는 침대에 누웠습니다. 남매가 침대에 눕자, 마녀는 이 순간은 기다리기라도 한 것인지 동화책을 하나 들고 와 남매가 잘 때까지 옆에 앉아 읽어주었습니다.

남매는 이 순간이 너무나도 행복했습니다. 이것이 바로 자신들이 원하는 가족의 형태였기 때문입니다. 비록 마녀와 사는 것이지만 마녀는 엄마가 해줬던 일을 전부 해주고 있었습니다. 그러니 남매는 더욱 마녀를 신뢰하고, 믿고 따르는 것이었습니다. 이런 날의 연속이었습니다. 가끔 옆 동네에 식료품 같은 것을 사는 것만 빼고는 하루하루가 정말 똑같은 듯 달랐습니다.

그렇게 남매와 마녀 간의 사이는 점차 가까워지기 시작했고, 급기야 서로를 진짜 가족처럼 생각하게 되었습니다. 처음 마녀의 생각은 아이들을 제대로 활동할 수 있을 만큼 회복시킨 후 아이들이 온 방향과 반대 방향에 있는 마을에 보내 인간다운 삶을 살게 하는 것이었습니다. 그러나 아이들을 놓아주기에는 너무 많은 정이 들어버렸습니다. 그렇게 마녀는 아이들과 함께 살기로 마음을 먹었고, 함께 살아온 지도 한 달 가까이 지났습니다.

그레텔은 여느 날처럼 바닥을 쓸며 청소하고 있었습니다. 그러던 중 들려오는 마녀의 목소리에 그레텔은 달려갔습니다. 청소한 일을 알리고 칭찬을 받기 위해서였지요. 마녀는 혼자 중얼거리는 중이었습니다.

"아니, 그냥, 불쌍해서 받아줬는데 쓸모없어서 곧 잡아먹을까 봐. 요즘 밥도 평소보다 많이 먹던데 좀 쏠쏠하지 않겠어?"

놀랍게도 마녀는 자신이 알던 따뜻한 모습이 아니었습니다.

그레텔은 뒷이야기를 듣지도 않은 채로 황급히 자리를 빠져나왔습니다. 마녀는 갑작스러운 인기척이 느껴지는 곳을 향해 고개를 돌렸으나 간발의 차로 그레텔을 보지 못했습니다. 그레텔은 점심을 나르고 있던 헨젤에게로 다가가 자신이 방금 들은 일을 하나도 빠짐없이 이야기했습니다. 그 말을 들은 헨젤은 음식이 담긴 접시를 떨어뜨렸습니다.

"쨍그랑-."

접시가 깨지는 소리에 마녀는 황급히 날아와 남매가 어디 다친 곳은 없는지 확인했습니다. 아무런 상처가 없다는 것을 확인한 마녀는 안도의 한숨을 내쉬었습니다. 남매의 눈에는 그 장면마저도 그냥 자신들의 환심을 사기 위한 행동으로밖에 보이지 않았습니다. 마녀가 자리를 떠나고 남매는 밤에 자는 척을 하기로 약속하고는 아무 일도 없다는 듯 마녀를 대하며 집안일을 했습니다.

그날 밤, 자는 척을 하고, 마녀를 방 밖으로 내보내는 것에 성공한 남매는 모여 마녀를 어떻게 없애고 이곳에서 살 것인가에 대하여 이야기를 나눴습니다. 아무것도 하지 못하고 죽을 바에는 뭐라도 하는 것이 낫다고 생각했기 때문이었습니다. 그렇게 남매는 마녀를 화로로 유인하여 마녀가 방심한 틈을 타 화로로 밀어 넣을 계획을 세웠습니다. 성공할 확률은 그리 높지 않았으나 지금 남매의 머릿속에 떠오르는 가장 나은 생각이었습니다. 그렇게 남매는 다음 날을 기약하며 겨우 잠이 들었습니다.

다음 날 잠에서 깨어난 남매는 자신들에게 아침 인사를 하러 온 마녀를 반기며 최대한 평소와 똑같이 행동했습니다. 마녀가 방심하고, 경계를 풀기를 바랐습니다. 그래야 자신들의 계획이 성공할 수 있기 때문이었습니다.

아침을 먹기 전 익숙하게 청소를 시작한 남매는 서로 마주 보고 고개를 끄덕이더니 자신들이 세웠던 계획을 실행하기 시작했습니다. 바닥을 쓸던 그레텔이 마녀를 불이 타오르는 화로 근처로 유인했고, 옆에서 바닥을 닦던 헨젤이 기회를 엿보고 있었습니다. 그레텔이 화로 쪽을 가리키며 입을 열었습니다.

"이것은 어떻게 해야 해요?"

마녀는 그레텔의 물음에 화로 가까이 다가갔습니다. 그러자 헨젤은 기다렸다는 듯이 마녀를 화로로 밀어 넣고는 문을 걸어 잠가 마녀가 나오지 못하도록 했습니다. 화로 안에 갇힌 마녀가 몸이 불타는 고통에 소리를 지르며 화로의 입구를 손으로 잡았습니다. 하지만 남매는 이 문을 열어줄 생각이 없었습니다. 그저 마녀의 고통을 방치하며 구경했습니다. 마녀의 비명이 사그라들자, 남매는 성공했다는 안도감과 함께 이 과자 집에서 살아갈 생각에 들떠 있었습니다.

하지만 그것도 잠시 남매는 갑자기 녹아내리는 과자 집에 당황하며 다급히 녹아내리는 과자를 손으로 끌어모았습니다. 그런 노력에도 불구하고 결국 과자 집은 무너져 내렸습니다. 형체도 남지 않은 과자 집을 바라보던 남매는 과자 집 옆에 있는 돼지우리를 보게 되었습니다.

'아니, 그냥, 불쌍해서 받아줬는데 쓸모없어서 곧 잡아먹을까 봐. 요즘 밥도 평소보다 많이 먹던데 좀 쏠쏠하지 않겠어?'

남매는 마녀가 내뱉었던 말의 뜻을 알아냈습니다. 헨젤이 우리를 향해 손을 뻗었지만 닿지 않은 채 멀어져만 갔고, 정신을 차린 남매는 숲속 한가운데에 있는 마녀의 집이 아닌 자신들의 동네로 와 있었습니다.

"나는 너희를 거둬주었으나, 너희는 나의 은혜를 배신했다. 그 대가로 너희는 평생, 이 마을에서 벗어나지 못해. 그럼 알아서 잘 살아봐."

남매는 자신들의 귀에 꽂히는 마녀의 목소리를 듣고는 부랴부랴 집으로 향했으나 그 자리에 주저앉을 수밖에 없었습니다. 자신들이 살던 집이 형체도 없이 사라진 것이었습니다. 헨젤은 다급하게 근처를 지나가는 사람의 옷자락을 붙잡았습니다.

"저기 혹시 여기 있던 집 어디 갔어요?"

지나가던 시민은 고개를 갸웃거리더니 헨젤의 물음에 대답했습니다.

"집이라니? 여기는 원래 빈터였잖아. 너 뭘 잘못 먹은 거 아니니?"

그 말을 들은 남매는 절망에 빠질 수밖에 없었습니다. 자신들의 실수가 결국 자신들이 제일 피하고 싶었던 결과를 초래했기 때문이었습니다.

남매는 숲 쪽으로 몸을 돌려 다급히 빌기 시작했습니다. 아무리 소리를 내어 빌어도 바뀌는 것은 하나도 없었습니다. 굳이 따지자면 지나가는 사람들이 남매를 이상하게 바라보는 것 딱 그것만이 처음과는 바뀐 부분이었습니다. 남매는 자신들이 무언가를 잘못했다는 것을 깨달았습니다. 하지만 남매는 반성을 하지 않은 채 그저 자신들이 들은 부분은 충분히 오해를 살만한 부분임이 틀림이 없었고, 마지막까지 자신들의 탓이 아닌 마녀에게도 잘못이 존재한다는 변명을 하기 바빴습니다.

"난 너희를 사랑하고, 아꼈어."

남매의 귀로 마녀의 목소리가 들려왔습니다. 남매는 황급히 고개를 들어 숲을 향해 잘못했다고 소리치기 시작했습니다. 남매의 목소리가 얼마나 절실했는지 주변 사람들은 이를 하나의 연극이라고 생각할 지경에 이르렀습니다.

"내 사랑을 걷어차고, 배신한 건 너희들이야. 내게 잘못했다고

53   신가연

빌 필요는 없어. 그냥 평생 그렇게 살아. 그거면 되는 거야."

　그 뒤로 남매에게는 아무런 소리도 들려오지 않았습니다. 남매는 그 자리에 허망하게 앉아 숲을 바라봤습니다. 할 수 있는 것이 더는 아무것도 없었습니다. 어린아이들이 이 험난한 세상을 어떻게 살아가는가 하며, 남매는 숲에 다시는 들어갈 수 없음은 물론이고, 그로 인해 다른 마을로도 가지 못하며 결론적으로 이 동네에서 평생 사람들에게서 잊힌 채로 살아가야 했습니다.

　어떠신가요. 좀 흥미로운 이야기가 아닌가요?

　남매가 불쌍하다고 느낄 수도 있지만 만약 이 이야기의 주인공인 남매가 성인이었어도 똑같이 느낄까요? 저는 이 이야기가 정확히 어떻게 끝나는지는 모르지만 제가 원하는 결말은 이런 결말이었습니다. 받은 만큼, 행한 만큼 똑같이 돌려받는 것 그게 제일 공평하잖아요. 그렇죠?

　당신이 생각하는 헨젤과 그레텔의 결말은 어떤 이야기인가요? 저와 비슷할 수도 완전히 다를 수도 있겠지만 한 번쯤은 생각해볼 만한 좋은 주제가 아닐까요.

신가연

'마녀가 사랑했던 아이들'을 쓴 신가연입니다.

제가 이 글을 쓰게 된 계기는 어린 시절에 읽었던 "헨젤과 그레텔"이라는 작품에서 악역으로 나오는 마녀가 불쌍하다고 생각했기 때문입니다. 마녀도 마녀 나름의 사정이 있을 텐데 단순히 악역으로 나오는 것이 마음에 들지 않았습니다. 그래서 마녀의 입장에 서서 새롭게 글을 풀어보고 싶다는 마음으로 이 작품을 재창작해 보게 되었습니다.

초반에 아이들의 입장을 서술하면서 이렇게 적어도 괜찮은 것인가 하는 생각이 자주 들었지만 한번 시작한 글은 마감하는 것이 맞기 때문에 여러 고민에 고민을 거쳐 아이들의 시점으로 마지막까지 달려왔습니다.

정작 쓰고 싶은 마녀의 이야기를 제대로 쓰지 못한 아쉬움이 남아 있지만 다르게 해석된 새로운 작품이 나오게 되어서 만족스러운 작업이었습니다.

튀르키예의 어느 천문학자가 발견한 소행성이 있었다. 뽀얀 먼지가 얇게 쌓인 유리 뚜껑과 세 화산, 낡은 나무 의자와 바오바브나무의 씨앗을 가진 작은 소행성. 천문학자는 그 소행성에 B-612라는 이름을 붙였다.

우주는 지루했다. 까맣고, 고요했다. 그렇게 언제나 같을 줄 알았던 우주에 어느 날 아이의 울음소리가 들렸다. 어느 때부터 이곳저곳에서 철새들이 특정한 별에 아이를 물어다 줬다. 철새들이 어디서 아이를 데려오는지, 왜 아이를 주는지는 아무도 알 수 없었다. 변덕이 심한 철새들이라 더 알기 힘들었다. 지루한 나날에 질린 별들의 관심은 철새들과 아이에게 집중됐다. 어느새 모든 별은 아이를 받은 별을 부러워하고, 아이를 받고 싶어 했다.

　한 소행성도 아이를 받은 별 중 하나였다. 소행성은 아이를 받는 순간 너무 기뻐서 소리를 지를뻔했다. 항성도 아닌, 일개 소행성인 그녀가 아이를 받은 건 정말 운이 좋은 일이었다. 항성에서 떨어져 나와 정처 없이 떠도는 소행성은 배척받는 존재였다. 철새들 또한 항성이 아닌 것들은 잘 상대해 주지 않았었다. 그래서인지 그녀는 철새들에게 받은 자신의 아이가 너무 예쁘게만 보였다. 그녀가 받은 아이는 반짝거리는 금발에 까만 눈을 가진 아이였다. 금빛 별을 수놓고, 까만 우주를 품은 듯 어여쁜 아이의 모습에 그녀는 기뻐하며 아이에게 '어린 왕자'라는 별명을 붙여 불렀다.

　그녀는 아이를 완벽히 키워내고 싶었다. 소행성이란 이유로 멸시받고 조롱받던 날들은 이제 지긋지긋했다. 철새들과 대면하고 아이까지 받은 자신이 고작 그런 이유로 차별받을 존재가 아니라는 것을 증명하고 싶었다. 아이가 자랄수록 그녀는 어린 왕자에게 자신이 아는 것들을 가르쳤다. 그녀는 항성에서 떨어져 나온 소행성인 탓에 다른 별들과 어울리거나 그들과 비슷한 수준의 교육을 받지 못했다. 그래서 늘 자기 삶에 불만이 많았다. 어린 왕자는 자신과 같은 일을 겪지 않길 바랐던 그녀는 지나가는 소행성이나 유성우들의 대화를 주워들으며 스스로 여러 가지를 익힌 후, 어린 왕자를 가르쳤다.

61

하지만 그녀의 바람과는 달리 어린 왕자는 종종 힘든 기색을 보이거나 하기 싫어하는 등 거부하는 모습을 보였는데, 그럴 때마다 그녀는 자신의 마음을 몰라주는 어린 왕자가 실망스러웠다. 처음 몇 번은 달래보기도 했고, 그 후 몇 번은 무시해 보기도 했지만 나아진 건 없었다.

그러던 어느 날, 또다시 칭얼대던 어린 왕자에게 그녀는 참지 못하고 소리를 질렀다. 뚝. 어린 왕자가 얌전해졌다. 어린 왕자는 그저 놀라고 겁을 먹은 것이었지만 지친 소행성은 해결책을 찾았다고 생각했는지 이후로도 제 뜻을 따르지 않거나 마음에 들지 않을 때면 망설임 없이 소리를 질렀다. 당장의 편리함이 너무 달콤해서 어린 왕자의 공포와 두려움은 보지 못했다. 어린 왕자는 그 나이대 아이와 비교하면 말을 잘 듣는 아이였다. 그러나 어린 왕자가 첫 아이고 주변에 친한 별도 없던 그녀는 어린 왕자를 까다로운 말썽쟁이라고 생각했다.

시간은 지났고, 배냇저고리를 입던 어린 왕자는 어느덧 소년으로 자랐다. 그녀는 어린 왕자가 자라는 동안 많은 노력을 했다. 먼저 그녀에게는 세 개의 사화산이 있었는데 그중 두 개를 터지지 않을 정도로 정밀히 운동시켜 어린 왕자가 추위에 떨거나 배곯지 않도록 했다. 또 어린 왕자가 너무 게을러지지 않도록 화산을 청소하는 법과 요리하는 법도 가르쳤다. 자신의 지식만으로는 부족

하단 생각이 들었을 즈음, 지나가던 유성들의 수다가 들려왔다. 별 속에 바오바브나무의 씨앗을 심고 새싹을 틔우면 아이가 터전을 지키기 위해 부지런히 새싹을 뽑아서 게을러지는 것을 막을 수 있다는 대화에 그녀는 오늘도 시끄럽게 떠드는 유성들에게 고마워 하며 바오바브나무의 씨앗을 구해 심었다. 그리고 처음 새싹이 나던 날 그녀는 어린 왕자에게 약간의 거짓말을 섞어 일렀다.

"어린 왕자야, 모든 별은 아이를 받은 순간부터 바오바브나무가 자란단다. 이 새싹이 자라 나무가 된다면 나는 산산이 부서지고 말 거야."

어린 왕자의 낯빛이 창백해졌다.

사실 바오바브나무의 씨앗이 자라는 건 언제든 멈출 수 있고, 모든 별에서 나는 것도 아니었다. 그녀는 조금 양심에 찔리긴 했지만 어린 왕자가 게을러지지 않도록 조금 효과적인 설득을 한 것으로 생각하며 마음을 다잡고 말을 이었다.

"걱정하지 마. 네가 부지런히 그것들을 파내준다면 우린 안전할 수 있어. 그렇게 해줄래? 너라면 당연히 그렇게 해주겠지?"

"네, 그렇게 할게요."

어린 왕자는 내키지 않았지만, 자신의 별을 위해 고개를 끄덕였다. 됐다. 이걸로 어린 왕자는 성실함을 배울 것이다. 그녀는 만족스러웠다. 얼마 뒤, 오래전에 처음 바오바브나무의 씨앗을 사용했던 게으름뱅이의 별이 바오바브나무에 먹혀 부서졌었다는 말을

김아영

들었을 때 그녀는 내 아이는 저렇게 기르지 않으리라 다시 한번 다짐했다.

그날 이후 어린 왕자는 그녀에게 매일 같이 게으름뱅이 별에 대한 이야기를 들어야 했다. 어린 왕자는 한 번도 일을 빼먹지 않고 성실히 일했다. 하지만 매일 확인하고 싶어 하는 그녀에게 부지런히 일하겠다고 다짐도 해야만 했다. 바오바브나무의 싹을 뽑는 일은 정말 고된 일이었다. 매일 질리게도 자라는 싹들은 하룻밤 사이 자란 싹인데도 뿌리를 깊게 내려 뽑는 게 힘들었다. 게다가 그녀가 자신은 소행성이라 자칫 잘못하면 부서질 거라고 말했던 것 때문에 한 번에 쑥 뽑지도 못하고 조심조심 흙을 긁어내어 무거운 싹을 조심히 뽑아야 했다. 힘들었지만 어린 왕자는 한 번도 일을 빼먹거나 투정을 부리지도 않았다. 그래서 자신을 믿어주지 않는 그녀가 더 미웠다.

"어린 왕자야, 또 노을을 보고 있니?"

"이제 일어나 일할게요."

어린 왕자에게 가장 소중한 물건은 그의 의자였다. 언젠가 어린 왕자가 그녀에게 처음으로 갖고 싶은 게 있다고 말해온 적이 있었다. 처음 들어보는 아이의 부탁에 그녀는 어린 왕자의 부탁대로 그에게 꼭 맞는 작은 나무 의자 하나를 구해다 줬다. 단순히 다리가 아픈가 싶었는데 어린 왕자는 의자를 받자마자 별의 정중앙에 놓고는 매일 같이 노을을 봤다. 소행성은 크기가 작았기 때문에 불만이 많을법한데도, 어린 왕자는 오히려 조금만 움직이면 노을을 많이 볼 수 있다며 마음에 들어 했다.

 하지만 소행성은 그저 의자를 준 것을 후회했다. 어린 왕자가 종일 노을에 빠져 게을러지면 어떡하지, 하는 불안함에 어린 왕자의 의젓한 모습은 눈에 들어오지 않았다. 그래서 소행성은 어린 왕자가 노을을 볼 때마다 일어나라고 다그쳤다. 어린 왕자는 그녀의 말을 눈치챘다. 자신의 시간이 끝나는 게 아쉽고 그녀의 말이 달갑지 않게 들려도 어린 왕자는 그녀에게 화를 내지 않았다. 어린 왕자가 착한 아이기 때문도 있지만 그녀가 또 예전처럼 소리를 지르며 화를 낼까 봐 무서운 마음이 조금 더 컸다. 그녀 역시 그런 어린 왕자의 마음을 잘 알고 있었다. 그래서일까 조금 미안했지만, 어린 왕자를 위한 일이니 괜찮다고 생각했다. 그리고 그 안일한 마음과 생각이 화를 불렀다.

 "어린 왕자야, 어린 왕자야! 어서 이리 와보렴!"

 어느 날 아침, 그녀는 들뜬 목소리로 어린 왕자를 불렀다.

 어린 왕자는 의자 옆에서 꾸벅 졸다 그녀의 부름에 느릿느릿 일어났다. 그러자 어린 왕자의 눈에 처음 보는 것이 띄었다. 초록색의 줄기에 콕콕 솟아난 가시, 매력적인 붉은 꽃잎을 가진 장미 한 송이였다. 어린 왕자는 여태 본 적 없는 아름다움에 눈을 뗄 수 없었다. 그런 어린 왕자를 보고 그녀는 뿌듯한 듯 씩 웃고는 말했다.

65

"마음에 들지? 내가 너를 위해 엄선해서 데려온 장미야. 너에게 좋은 친구가 되어줄 거야."

어린 왕자는 그녀의 말이 귀에 들어오지 않았다. 그저 눈앞의 첫 친구와 하고 싶은 이야기가 많았다. 그녀의 말이 끝나자마자 어린 왕자는 장미에게 조심스레 다가갔다.

"안녕."

어린 왕자는 긴장한 탓에 목소리를 떨었다. 하지만 잔뜩 기대한 그와 달리 장미는 어린 왕자를 짧게 흘겨보고는 관심 없다는 듯 고개를 돌렸다. 어린 왕자는 처음 받아보는 냉대에 당황했다. 이럴 때는 어떻게 해야 할지 몰라서 다시 말을 걸지도 못한 채 주변을 한참 서성거렸다. 장미는 어린 왕자가 그러든 말든 눈길조차 주지 않았다. 그래도 어린 왕자는 포기하지 않았다. 그저 장미가 낯을 가리는 성격이라고 생각하고 틈만 나면 장미에게 다가가 말을 걸었다.

"안녕 장미야, 오늘은 날이 좋다."

"배가 고프진 않니? 넌 뭘 먹고 살아?"

장미는 어린 왕자의 눈을 보지도 않았지만 어린 왕자가 다가올 때면 하던 일을 멈췄다. 어린 왕자는 자신의 말을 잘 들어주는 장미가 좋아서 매일 말을 걸었다.

"오늘은 화산을 청소하다 미끄러져서 빠질뻔했어."

"빠지진 않았어?"

장미가 처음으로 어린 왕자의 말에 대답했다.

어린 왕자는 깜짝 놀라 장미를 바라봤다. 처음 들어보는 장미의 목소리는 보드라운 흙이 사박거리는 것 같았다.

"응. 곧바로 균형을 잡았거든."

"다행이네……. 새까만 몸으로 다가오진 마."

"응 그럴게."

어린 왕자는 기뻤다. 여전히 자신을 쳐다보지 않고 말하는 장미가 아주 조금 섭섭했지만, 아닌 척 자신을 걱정해 주는 장미가 좋았다. 얼굴에 미소를 가득 지은 어린 왕자는 조용히 대답했다. 그날 이후 장미는 어린 왕자를 피하지 않았다.

어린 왕자는 노을을 보는 시간 외에 좋아하는 시간이 생겼다. 장미와 이야기할 땐 소행성도 딱히 건들지 않아서 더 좋았다. 장미는 소행성에 오기 전 살던 별에 대해서 많이 들려줬다. 장미는 원래 지구라는 이름의 별에서 살았는데, 그곳은 이곳과 비교할 수 없을 만큼 크고, 넓다고 말하곤 했다. 어린 왕자도 지구에 대해 듣는 게 좋았다. 어린 왕자는 장미에게 지구에 대한 것들을 배우기도 했다. 그중 가장 좋아했던 건 지구력이라는 날짜 개념이었다. 어린 왕자의 별은 너무 작아서 해가 금방 뜨고 졌다. 하루도 빨리 지나가서 굳이 날짜를 세진 않았는데, 지구는 일, 달, 년……. 세는 방법도 다양해서 재밌었다. 어린 왕자는 그날부터 날짜를 세기 시작했다.

어느새 어린 왕자와 장미의 기념일이 다가왔다. 내일이면 장미

김아영

와 어린 왕자가 친구가 된 지 3년이 된다. 오늘도 어린 왕자는 화산을 청소하고 나면 장미의 이야기를 들었다. 어린 왕자의 일과였다. 바오바브나무의 싹을 뽑고, 깊고 어두운 화산들을 청소하고, 별을 정리하고 나면 언제나 답답하고 힘들기만 했었는데 장미와 이야기할 때면 그런 마음이 조금 시원해졌다. 어린 왕자는 장미와 노을을 보는 시간을 가장 좋아했다.

"장미야, 내일은 네가 이곳에 온 지 3년이 되는 날이니까 화산 앞에서 같이 저녁 먹는 게 어때? 네가 가르쳐 준 오믈렛을 이젠 잘 만들게 됐거든."

"응, 좋아. 나도 기대된다. 저녁 먹고 노을도 볼까?"

"응, 그러자."

어린 왕자는 내일이 기다려졌다.

시간이 늦어 장미와 인사하고 자신의 침대로 들어가 기분 좋게 눈을 감았다. 사실 너무 기대돼서 한참 잠에 들지 못한 어린 왕자였다. 자신이 만든 오믈렛을 같이 먹을 생각에 설레다가 혹시 음식을 망치면 어쩌지 걱정도 했다가 뒤척거리던 어린 왕자는 겨우 잠에 들었다. 자는 중에도 입가에 미소를 지우지 못한 건 어린 왕자도 몰랐다.

"당장 여기서 떠나!"

아침부터 들리는 그녀의 호통 소리에 어린 왕자는 파드득 잠에서 깼다. 어린 왕자는 눈을 비비며 상황을 확인했다. 소행성이 화가 머리끝까지 난 채로 씩씩대고 있었다.

　그리고 바닥에 굴러다니는 유리 뚜껑, 그 옆에 땅에서 뽑혀 나동그라진 장미가 보였다. 어린 왕자는 당황해서 장미에게 달려갔다.

　"무슨 일이야? 왜 바닥에⋯⋯."

　소행성이 말했다.

　"어린 왕자야! 떨어지렴! 내 실수란다. 저 가증스러운 꽃의 거짓말에 속아 네게 이상한 것을 붙여주다니⋯⋯. 미안하구나."

　"그게 무슨⋯⋯."

　"글쎄 뛰어난 별인 지구에서 왔다더니, 그 별의 낙오자라더구나? 저런 수준 떨어지는 것을 너와 붙여뒀다니!"

　그녀는 장미를 향해 눈을 치켜뜨며 소리를 질러댔다.

　"걱정하지 마! 저건 어서 내쫓고 새로운 친구를⋯⋯. 아니지, 그냥 내가 너의 친구가 되는 게 낫겠다."

　어린 왕자는 그녀의 말을 따라가지 못했다. 당혹스러워하며 손에 쥐고 있던 장미를 내려다보자 잘못 뽑혔는지 엉망이 된 뿌리와 힘없이 떨어진 꽃잎 몇 장이 눈에 들어왔다. 조금씩 시들어 가는 장미에 어린 왕자는 다급해졌다. 식물에 대해서는 바오바브나무 싹을 뽑거나 장미에게 물을 주는 것 말고는 아는 것이 없었기 때문에 장미를 살릴 방법이 아무것도 떠오르지 않았다. 그녀에게 도움을 청하고 싶었지만, 그녀는 여전히 씩씩대며 중얼거릴 뿐 장미를 도와줄 것 같이 보이진 않았다.

69

어린 왕자는 빠르게 땅을 팠다. 급하게 파느라 울퉁불퉁한 구덩이에 장미를 심었다. 너무 깊게 판 탓인지 장미 줄기의 반이나 덮였다. 어린 왕자는 물뿌리개를 가져와 장미에게 물을 부었다. 하지만 장미의 상태는 아까보다 나빠 보였다. 어린 왕자가 울먹거렸다.

"장미야……. 어떡해? 물이 더 필요해? 유리 뚜껑을 덮어줄까? 뭐가 필요해?"

"어린 왕자야, 괜찮아. 울지마. 난 그냥 지구로 돌아가는 거야. 거기의 친구들이 보고 싶어서……. 그러니까 나중에 네가 지구에 오게 되면 날 만날 수 있어. 그땐 내 친구들도 소개해 줄게. 응?"

어린 왕자가 시들어 가는 장미 앞에 웅크렸다. 차마 아픈 장미를 건들지도 못하고 주먹만 꾹 쥔 채 눈물을 떨궜다. 엉엉 울며 장미에게 매달리자 장미는 나직하게 어린 왕자를 달랬다. 장미는 이내 졸린다고 말하며 눈을 감았다. 죽은 건지, 자는 건지 확인할 새도 없이 철새들이 날아와 어린 왕자의 앞을 막아섰다. 청록빛 눈을 가진 철새가 어린 왕자를 막아서며 다정하게 말했다.

"걱정하지 마. 장미랑 약속한 시간이 되어서 데리러 온 거야. 다음에 네가 원할 때 너도 데려간다고 약속할게."

어린 왕자를 살살 달래주던 철새는 다른 철새들이 자신을 부르는 소리를 듣고 빠르게 떠났다. 장미가 사라진 자리에는 장미 꽃잎 한 장만이 남아 있었다. 어린 왕자는 꽃잎을 집었다. 너무 정신이 없어서 아무 생각도 나질 않았다. 어린 왕자는 눈물도 흘리지 않고 가만히 앉아 있었다. 정신이 없던 건 소행성도 마찬가지였다. 철새 떼가 갑자기 들이닥쳐서 장미를 데려갔고, 그녀를 차갑게 쏘아보고 떠났다. 조금 멍하게 있다가 장미가 사라졌으니, 수고를 덜었다는 생각이 들었다.

"어린 왕자야, 어서 네 할 일을 해야지. 뭘 하니?"

"……네."

어린 왕자는 비척비척 일어나서 차근차근 정리해 나갔다. 구덩이를 말끔히 메우고, 물뿌리개를 정리하며 장미의 흔적을 지워나갔다. 어린 왕자는 그날 노을을 봤다. 그녀가 몇 번이고 노을을 보냐 물어와도 어린 왕자는 아무 말이 없었다. 의자를 옮겨가며 44번이나 노을을 봤다. 오래도록 노을만 바라봤다.

다음 날 어린 왕자는 평소와 같이 할 일을 했다. 바오바브나무의 새싹을 뽑고, 별을 쓸고, 화산을 청소했다. 어제는 갑자기 엉엉 울던 어린 왕자가 그녀의 말도 듣지 않아서 당황했었지만, 원래대로 돌아온 어린 왕자의 모습에 안심했다.

'그래, 어제는 그냥 노을이 보고 싶었겠지. 하지만 다음에도 그런다면 의자를 압수해야겠어.'

어린 왕자는 오늘도 화산을 청소하자마자 노을을 보기 위해 의자에 앉았다. 오늘따라 몸도 무겁고 일들도 더 힘들게 느껴졌다.

김아영

겨우겨우 일을 끝내고 의자에 앉자, 타이밍 좋게 해가 뉘엿거리고 있었다. 어린 왕자는 저물어 가는 해를 보며 생각에 잠겼다. 어린 왕자는 온통 장미 생각으로 머리가 꽉 찼다. 장미는 정말 지구로 갔을까…….

"어린 왕자야, 아직 앉아 있니?"

소행성이 말을 던졌다. 어린 왕자는 방금 막 앉았는데 일어나라는 소행성의 말에 화가 났지만 화를 억누르고 말했다.

"네, 하지만 오늘 일을 모두 마쳤어요. 오늘은 좀 힘들어요. 조금만 더 앉아 있을게요."

어린 왕자는 건방져 보이지 않게 잘 말하고 노을에 고개를 돌렸다. 복잡한 머리를, 생각을 정리할 시간이 필요했다.

"하지만 내일 할 일을 미리 준비해 두는 것도 중요하단다. 세상에 힘들지 않은 이들은 없어. 그러니 더 이상 게을러지기 전에 어서 일어나는 게 좋을 것 같구나."

"지금까지 한 번도 그런 적 없잖아요."

"어린 왕자야, 너 지금 말대꾸하는 거니?"

"얘기하는 거예요. 전 매일 부지런하게 살았어요. 절 좀 믿어주세요."

"당연히 믿지. 하지만 상황에 따라 달라지기 마련이란다."

"결국은 못 믿으신단 거잖아요."

"어린 왕자야!!"

"소리 좀 그만 질러요!"

"너, 너 지금 제정신이 아니구나! 엄마한테 소리를 질러? 당분간 네 의자는 압수다. 어서 가서 일이나 하렴!"

"끝까지 일 얘기에요? 날 일 시키려고 키우셨어요?"

"그게 무슨 소리니? 내가 널 얼마나 아꼈는데!"

"지금도 힘들다는데 일 얘기만 하시잖아요! 제가 언제 빼먹은 적 있어요? 열심히 하잖아!"

"너……!"

소행성은 어린 왕자의 말에 말문이 막혔다. 처음 겪는 어린 왕자의 반항이 충격이었다. 어린 왕자가 변했다. 장미, 장미를 만나고 어린 왕자가 변했다.

"장미구나. 그게 널 그렇게 만든 거야!"

"장미는 아무것도 안 했어요!"

어린 왕자가 소리를 지르며 의자에서 확 일어났다. 반동으로 의자가 쿠당탕하고 쓰러졌다.

"대체 장미는 왜 죽인 거예요?"

"그건 너와 맞지 않아. 그리고 감히 내게 출신을 속였잖니? 나도 그렇게까지 할 생각은 없었어. 조금 유감이지만 자업자득이지."

"제 친구였어요."

"이런, 걱정하지 마. 어린 왕자야. 훨씬 나은 아이를 데려다……"

김아영

"제가 무슨 기계에요? 원하는 부품 끼워 맞추는?"

날 선 목소리에 그녀가 당황했다. 어린 왕자는 뭔가 더 말하려다 입을 꾹 닫았다. 그리고 곧 노을을 따라 지나가던 철새 떼에게 자신을 데려가 달라 부탁했다. 철새 떼는 놀란 기색 없이 어린 왕자를 데려갔다. 마치 곧 이렇게 될 줄 알았다는 듯이. 어린 왕자가 철새 떼와 떠나는 동안 그녀는 멍하니 바라만 봤다. 그녀는 놀랐다. 평생 자신을 따르고 착한 아이였던 어린 왕자가 훌쩍 자신을 떠났다. 그녀는 어린 왕자가 괘씸했다. 고작 장미 따위에게 홀려 날 버려? 씩씩거리며 악을 질렀다. 그래도 그녀는 어린 왕자를 찾으러 바로 떠나지 않았다.

"어린 왕자가 혼자 뭘 할 수 있겠어. 곧 돌아올 거야. 잘못했다고 빌면 며칠만 빼기다 용서해 줘야지. 망할 의자는 압수해야겠어."

어린 왕자가 다시 자길 찾아올 거라 믿은 그녀는 고집을 부리며 돌아올 어린 왕자를 기다렸다. 그리고 반년이 흘렀을 때, 그녀는 드디어 어린 왕자를 찾아 나섰다. 이렇게 오래 돌아오지 않을 줄은 몰랐다. 어린 왕자가 정말 떠난 걸까?

그녀는 어린 왕자를 찾기 위해 그가 떠났던 날처럼 노을이 지기를 기다렸다. 어린 왕자를 기다린 시간만큼은 아니지만 고작 반나절 기다리는 게 너무 길게만 느껴졌다. 한참을 기다렸을까 겨우 노을이 지기 시작했고 어김없이 철새 떼의 모습이 보였다. 소행성은 철새 떼의 모습이 보이자마자 급하게 철새 떼를 불러세웠다.

"여기! 애들아! 잠깐만 멈춰봐!"

"우리 바쁜데……. 어라, 이 소행성 저번에 애 떠나간 거기 아냐?"

"맞는 것 같은데? 궁금한데 들렀다 가자."

"우리 일 밀렸어. 그냥 가자."

"아, 얼마 안 걸리잖아. 야! 빨리 말해봐!"

"악, 야!"

철새 떼들은 자기들끼리 빠르게 떠들어 대며 싸우는 듯하다가 그녀를 재촉했다. 그녀는 정신없어하다가 자기 말을 들어줄 타이밍이 들자 빠르게 말했다.

"전에 어린 왕자를 어디로 데려갔는지 알려줘. 난 그 애를 찾아야 해."

"허……. 찾으러 간다고?"

"안돼, 너 걔가 왜 떠났는지 기억 안 나? 걔를 위해서라도 절대 못 가르쳐 줘."

"왕이 사는 별에 내려줬어."

"야!!"

그녀의 말을 들어보자던 철새를 가로막고 청록빛 눈을 가진 철새가 단호하게 거부했다. 그녀가 무어라 덧붙이기 전에 심드렁한 표정의 철새가 위치를 알려줬다.

"왕의 별……."

그녀는 조금 중얼거리며 투덕대는 철새들을 두고 빠르게 왕의 별로 향했다. 왕이 있는 별은 그녀가 어린 왕자를 만나기 전부터 알고 있던 별이다. 그 별은 아이를 유독 금이야 옥이야 기르는 바람에 아이가 왕 노릇을 하기로 유명한 별이었다. 웬만하면 말을 걸고 싶지 않은 별이었지만 어린 왕자를 찾을 수 있다는 희망에 소행성은 빠르게 왕을 찾아갔다.

"호오 저기 또 내 백성이 오는군."

자신을 보자마자 아랫것으로 대하는 왕이 짜증 났지만, 굳이 내색하진 않았다.

"안녕……."

"크흠! 흠! 내게 인사할 것을 명하노라."

"허."

그녀는 말까지 끊으며 인사조차 명령하는 왕을 보고 진심으로 그의 별이 대단하다고 생각했다. 어떻게 하면 이렇게 키울 수 있는지 신기했다.

"네, 폐하, 질문 하나만 할게요. 어린 왕자는 어디로 갔나요?"

얼핏 봐도 이 별에 어린 왕자는 없었다. 용건만 빨리하고 가기 위해 본론만 말하자 왕은 그녀를 가만 바라보다 입을 열었다.

"어린 왕자?"

"네. 철새들이 이곳에 제 아이를 내려줬다는 말을 들었어요. 어디로 갔는지 아세요?"

"유감이군, 그 아이에 대해서는 모른다네."

"철새들이 반년 전 여기에 내려줬다는 얘길 듣고 왔는걸요. 금발 머리에 검은 눈의 남자아이예요."

"내가 이곳에서 철새들에게 받는 아이들이 몇이나 된다고 생각하는가?"

그녀는 자신이 이러는 동안에도 어린 왕자가 얼마나 폭 퍼져 있을지 가늠이 되지 않았다. 그녀는 어린 왕자가 자신이 없는 사이 완전히 망가졌을 것만 같았다. 그녀는 짜증스럽게 왕을 재촉하기 시작했다. 하지만 한참이 지나도 왕이 알려주지 않자 폭발한 그녀가 제 화를 못 이겨 왕에게 소리를 질렀다.

"왜 알려주지 않는 거예요? 대체! 난 그 아이의 엄마라고요, 빨리 어린 왕자를 찾아야 해요. 제가 없는 사이 망가졌을지도 몰라요!"

그녀는 왕을 쏘아보며 씩씩댔다. 왕이 그런 그녀를 지그시 바라봤다. 사실 왕은 그녀가 말하는 어린 왕자를 기억했다. 금발에 까만 눈, 그리고 지쳐 보이던 그 아이를. 잠시 어린 왕자를 생각하던 왕은 소행성에게 물었다.

"정말 그가 네 아이인가?"

"그럼 제 애지 누구 애일까요!"

그녀가 쏘아붙였다. 그런 그녀를 또다시 가만 바라보던 왕은 이내 결정한 듯 눈을 한번 꾹 감았다 떴다.

"정말 네가 찾는 게 아이가 맞는지 모르겠구나. 지금껏 아이를 찾으러 내게 오는 별들은 많았다. 그리고 너처럼 아이를 사람으로 대하지 않는 별 또한 종종 있었지. 다시 묻겠네, 자네는 어린 왕자를, 아이를 찾으러 온 건가? 아니면 그저 네 말을 잘 듣는 기계를 찾으러 온 건가."

왕이 소행성을 똑바로 바라보며 물었다.

그의 눈이 마치 그녀에게 이번이 마지막 기회라고 말하는 듯했다. 그녀는 끝까지 이상한 소리나 해대는 왕을 한심하게 바라봤다.

"전 어린 왕자를 찾으러 왔어요. 어디로 갔는지나 빨리 말해주세요."

"……그런가. 아쉽구나."

왕은 소행성의 답을 듣고 씁쓸한 표정을 지었다.

"아이는 허영심 많은 남자의 별로 갔다네."

왕은 짧은 침묵 끝에 조금 아쉽다는 듯 아이가 떠난 장소를 알려주었다.

"자네의 아이는, 내 신하가 되는 걸 원치 않더군. 자유로운 아이였어."

그녀가 허영쟁이의 별로 떠나려 하자 왕이 나지막하게 말했다. 그녀는 왕을 보지도 않고 길을 재촉했다. 왕은 떠나는 소행성을 보며 한숨을 내쉬었다. 아이를 위하는 척 자신의 이기심을 채우는 별은 많았다. 자신이 머무는 별 또한 제게 그랬으니까. 왕은 어린 왕자가, 많은 아이가 안쓰러웠다.

왕의 별을 떠난 지 얼마나 지났을까. 어둠 속을 가르며 어린 왕자를 찾기 위해 쉬지 않고 움직여 이번엔 허영쟁이의 별에 다다랐다. 소행성은 남자에게 인사를 건네기 전에 그의 별을 빠르게 훑었다. 어린 왕자를 찾는 것이었다. 하지만 텅 빈 작은 별에는 정장을 갖춰 입은 그만 있을 뿐 이번에도 어린 왕자의 모습은 보이지 않았다. 실망한 그녀가 뒤늦게 허영쟁이를 바라보자, 그와 눈이 마주쳤다. 남자는 빙긋 웃고는 그녀에게 먼저 말을 걸었다.

"안녕. 숙녀분, 여기까진 어쩐 일로 오셨을까. 하하! 역시 그대도 내 소문을 듣고 찾아온 겁니까? 이것 참 부끄럽구만! 감사합니다. 감사합니다. 하하."

그는 허영심 많은 남자라는 이름에 걸맞게 처음 만난 소행성에게도 허영을 부리기 시작했다. 그는 소행성이 한 마디도 하지 않았음에도 혼자 이런저런 허풍을 늘어놓으며 끝없이 자랑하고 웃어댔다. 소행성은 언제 자신이 말해야 할지 잠자코 기다려 보다 끝날 기미가 보이지 않자, 그의 말을 뚝 끊었다.

"저기 허영쟁이 씨!"

"네네, 맞아요. 맞습니다. 내가 바로 소문의 그 사람이에요. 하하하!"

또, 또 반복이었다.

말을 걸어도 걸지 않아도 저 혼자 웃고 떠들고 웃기지도 않은 허풍을 떨어대는 꼴을 본 게 벌써 네 시간째다. 그녀는 한시가 급했다. 이곳에 어린 왕자가 없는 걸 확인했으니 서둘러 그가 향했을 별로 이동해야 한다.

참다못한 그녀가 다시 그의 말을 끊었다.

"어린 왕자 알죠? 제 아이예요. 어서 찾아야 하니까 어디로 갔는지 알려줘요. 허영쟁이 씨!"

"……어린 왕자?"

"모른다는 말은 아니길 바랄게요. 이미 왕에게 들어서 식상하네요."

"무, 물론 아니지! 하하. 날 잘 모르나 본데 내가 그 유명한……!"

"그래서 어린 왕자는 어디로 갔나요?"

그녀는 그가 다른 말을 하지 못하도록 말을 끊으며 몰아붙였고, 그도 당황한 듯 버벅거리다 쉽게 말려들지 않는 그녀의 모습에 결국 그녀의 말을 듣기로 했다.

"좋아, 좋아, 말해주지. 그런데, 먼저 내 질문부터 대답해. 어린 왕자, 걔를 왜 찾는데?"

"난 어린 왕자의 엄마예요. 엄마가 아이를 찾는 건 당연한 거죠."

소행성의 말에 허영심이 많은 남자는 소행성을 말없이 바라봤다. 그는 그 아이와 이야기를 나눈 순간을 기억했다. 잠시 생각하던 허영쟁이가 조용히 중얼거렸다.

"글쎄, 내 생각에는 찾지 않는 게 나을 것 같은데."

"그게 무슨 말이에요?"

"아냐. 하여튼 그 애를 찾는다는 거지? 걔라면 술꾼의 별로 갔어."

"술꾼의 별이요? 세상에! 나쁜 물이 들지는 않았어야 할 텐데!"

허영쟁이의 말에 의문을 가지기도 잠시, 어린 왕자가 술꾼의 별로 갔다는 말에 소행성은 서둘러 떠났다.

"5개월이나 지나서 찾는 주제에 엄마라 당연하다니. 웃기는군."

허영쟁이는 멀어지는 소행성을 차갑게 바라봤다.

소행성이 술꾼의 별에 도착했다. 어린 왕자가 이상해지진 않았을지 걱정하다 보니 생각보다 금방 도착했다. 소행성은 이번에도 술꾼의 별을 빠르게 둘러봤다. 어린 왕자는 보이지 않았다. 텅 빈 작은 별에는 가득 쌓인 술병들과 술에 잔뜩 취해 몸을 가누지 못하는 술꾼만이 있었을 뿐이었다. 소행성은 잔뜩 실망한 채 술꾼에게 물었다.

"다 알고 왔어요. 어린 왕자는 어디로 갔죠? 시간 없으니까 빨리 말해요."

"……히끅, 누가 뭐랬나?"

"말장난하지 마요."

"어린애가 까칠하긴……. 사업가의 별로 갔어. 히끅."

"……진짜죠?"

"잘 말해줘도 뭐라네……. 끅, 술맛 떨어지니까 후딱 가버려! 지금 찾으러 가서 뭘 하겠다고……."

김아영

그녀는 뭐라 더 하고 싶었지만 팩 돌아앉은 술꾼에 별 소득 없이 별을 떠나야 했다. 술꾼은 소행성이 완전히 사라지고서야 술을 한 모금 벌컥 마셨다. 술꾼은 어린 왕자를 기억했다. 매일 당기는 술 때문에 제대로 기억하는 것 하나 없었지만 어린 왕자를 만났던 때는 또렷하게 기억났다. 귀찮은 티를 내도 아랑곳하지 않고 먹을 것을 권해도 넘어오지 않던 아이를 그는 붙잡지 못했다. 소행성 때문에 괜히 복잡해졌는지 그는 조금 신경질적으로 머리를 털고 다시 술을 들이켰다. 오늘따라 잘 취하지 않았다. 술꾼은 이제 아이들을 잊고 싶었다.

한편 소행성은 사업가의 별에 도착했다.

이번 별은 앞의 별들보다 더 까다로웠다. 그의 별에는 커다란 책상과 산더미처럼 쌓여 있는 서류들만이 가득했다. 소행성이 얼핏 보니 어린 왕자는 이번에도 없는 것 같았다. 그녀는 책상 앞에 앉아 서류뭉치를 들고 계산기를 바쁘게 두드리는 사업가에게 말을 걸었다.

"안녕하세요. 혹시 어린 왕자는 어느 별로 갔나요?"

바빠 보이는 그의 모습에 조심스럽게 물었지만, 그는 그녀의 말을 무시하고 계산기만 두드려 댔다. 그녀는 이후로도 약간의 텀을 두고 두어 차례 물었다. 하지만 그는 서류를 팔락거리며 꿋꿋이 그녀의 말에 대꾸해 주지 않았다.

"물어보잖아요. 잠깐 대답만 해주면 안 돼요?"

"내가 너에게 그걸 알려준다면 넌 내게 뭘 줄 거지?"

사업가는 서류뭉치를 내려놨다. 그리고 서랍에서 모래시계를 하나 꺼내 책상에 탁 내려두고 그녀의 말에 답변했다. 차갑게 손익계산을 하며 물어본 그의 대답에 그녀는 할 말을 잃었다.

"그냥 대답만 해주면 되는 거잖아요. 난 어린 왕자의 엄마예요. 어서 아이를 찾아야 한다고요."

"난 네게 필요한 정보를 쥐고 있다. 네게 얻어낼 게 있을지도 모르는데 내가 왜 순순히 넘겨야 하나?"

흔들리지 않고 소행성을 내려다보며 말하는 사업가가 조금 기계같이 느껴졌다. 모래시계의 모래가 2분 남짓 남았다. 저 모래가 다 떨어지면 그와의 대화가 완전히 끝날 것 같았다. 소행성은 머리를 굴렸다. 자신에게는 사업가에게 줄만한 것이 없었다. 모래는 점점 떨어졌고 그녀는 초조해졌다. 안절부절못하는 그녀에게 그가 먼저 입을 열었다.

"어린 왕자랬지. 왜 떠났는지는 아나?"

사업가가 차갑게 내려다보며 말했다.

"……조금 다퉜을 뿐이에요."

그녀가 머뭇거리며 대답했다. 사업가는 그런 그녀를 흘긋 보고는 웬 서류뭉치 하나를 던졌다.

"어린 왕자는 점등인의 별로 갔다. 점등인 다음 별의 주인에게

김아영

그걸 전달해."

그녀는 제 앞의 서류뭉치를 들고 서둘러 사업가의 별을 떠났다.

점등인의 별은 지금까지의 별 중 가장 작은 별이었다. 우주가 너무 어두워 하마터면 못 찾을 뻔했지만 점등인이 껐다 켰다 하는 가로등 불빛 덕에 무사히 도착했다.

별을 살펴본 소행성은 이번에도 어린 왕자를 만나지 못했다. 소행성은 어린 왕자를 못 찾는 것이 익숙하면서도 자꾸만 깎여나가는 듯했다. 어린 왕자를 찾을 순 있을지, 날 찾고는 있을지……. 소행성은 조금 지친 마음을 뒤로하고 점등인에게 어린 왕자가 떠난 곳을 물었다.

"어린 왕자? 아 그 금발 머리 애? 왜 지금 와서 묻고 난리야 바빠죽겠는데. 지리학자의 별로 갔어."

바쁘게 가로등을 껐다 켰다 하는 점등인은 정신없는 와중 소행성이 말을 걸어왔다며 조금 화를 냈지만, 물어보는 것에는 재깍 대답해 줬다. 소행성은 여느 때와 같이 별을 떠나려다 잠시 멈칫하곤 점등인을 바라봤다.

"점등인 씨, 왜 그렇게 가로등의 불을 껐다 켰다 하나요? 어차피 해는 또 빠르게 뜰 테고 이 별엔 당신밖에 없으니 힘들면 쉬어도 괜찮지 않나요?"

"나도 알아. 하지만 이게 내 일이야. 너도 불빛 보고 날 찾았잖

아. 어두운 곳에서 길 찾을 불 하나는 있어야지."

말을 마친 점등인은 더는 상대해 주지 않을 것 같이 보였다.

소행성은 곧장 지리학자의 별을 찾아갔다.

지리학자의 별은 여태 본 별 중 가장 컸다. 점등인 별의 열 배쯤 되는 것 같았다. 지리학자의 별은 그녀에게 무척 생소했다. 지금까지의 별들에는 한 명만 살았다. 그러나 지리학자의 별에는 '탐험가'라는 사람들이 바쁘게 별을 돌아다녔다. 소행성은 지리학자를 찾는 데만 한참이 걸렸다. 수많은 탐험가에게 묻고 물어 겨우 길을 찾았고, 복잡한 길 끝에서 두꺼운 책을 들고 있는 지리학자를 겨우 찾았을 땐 소행성이 이 별에 도착한 지 세 시간이나 흐른 뒤였다. 하지만 지리학자는 소행성을 흘깃 보고는 사업가가 전해준 서류뭉치만 가져가고 아는척하지 않았다. 소행성은 뻘쭘하게 있다가 지리학자에게 말을 걸었다.

"안녕하세요. 혹시 어린 왕자를 보셨나요? 별이 너무 넓어서 아직 아이가 이 별에 있는지 확인하지 못했거든요."

"어린 왕자라면, 이미 떠났습니다."

"아……. 어디로 갔나요?"

"왜 그 아이를 찾죠?"

"전 그 아이의 엄마예요. 어린 왕자를 찾아야 해요."

"왜 떠났는지는 아십니까?"

김아영

"아직 어린아이잖아요. 철없는 반항이겠죠."

소행성은 지독하게 지루하다는 눈으로 자신을 쳐다보면서도 이것저것 물어보는 지리학자가 의아했지만 순순히 대답했다.

"글쎄요, 떠나던 날 특별한 일은 없었습니까?"

"없었어요. 그날도 어린 왕자는 할 일을 했고……."

"할 일이라면 어떤 걸 말하는 거죠?"

"아……. 바오바브나무의 새싹을 뽑고, 화산을 청소하고, 장미를 돌보고, 별을 관리하는 일이요."

"항성들은 바오바브나무 새싹과 화산은 관리하지 않아도 괜찮다고 알고 있는데, 당신은 소행성이라 관리가 필요했나요?"

"아뇨, 어린 왕자가 게을러질까 봐 일부러 일거리를 준 거예요. 어린 왕자를 위해서 여러 방법을 찾아 노력했죠."

"장미는요? 당신에게 있을 것이 아닐 텐데."

"어린 왕자와 수준에 맞는 상대가 필요할 것 같았어요. 그래서 어렵게 찾아 엄선한 친구를 만들어 줬답니다."

"지금은 어디 있죠?"

"저를 속여서 뽑았어요. 지구에서 왔다길래 데려왔건만, 글쎄 그 별의 낙오자라길래……."

"잔인하고, 이기적이군요."

지리학자는 연거푸 한숨을 쉬며 말을 이었다.

"아이는 불만이 없던가요? 힘들어한다거나."

"가끔 그런 것 같기는 했어요. 그래도 주어진 일이니까 하루도 빠지지 않게 시켰죠."

"아이의 쉬는 시간은 얼마죠?"

"일을 하다 보면 중간중간 비는 시간이 있어요. 그리고 자는 시간 정도일까요?"

"심각하군요."

"……."

소행성은 입을 다물었다.

"지금까지 어린 왕자에게 시킨 일들은 그 아이가 하기에 벅찼을 겁니다. 아니, 벅찹니다. 상당한 고강도 업무들만 잘도 찾아 시키셨네요. 심지어 바오바브나무 교육법은 게으름뱅이 별 사건 이후 금지된 교육법입니다. 잘 알아보지도 않은 겁니까? 충분한 쉬는 시간이나 자신만의 시간도 없었겠고, 친구를 잃은 상황에도 일을 해야 했으니. 저라도 떠났을 겁니다."

"……."

"평소 반항은 안 하던가요? 너무 어린 아이였군요. 솔직히, 전 당신을 돕고 싶지 않습니다."

"그래도……."

"정 포기하지 못하겠으면 지구로 가보세요. 약도를 드리죠."

지리학자는 긴 대화 끝에 작은 약도 하나를 쥐여주곤 또다시 사라져 버렸다.

김아영

소행성이 지구에 도착했다. 이번이 마지막 여정이길 바라면서. 지구는 지금껏 봐온 별 중 가장 빛났고, 예쁜 별이었다. 소행성은 빛나는 푸른 별 앞에서 온통 회색만 감도는 자신의 칙칙한 모습이 부끄럽게 여겨졌다. 처음 어린 왕자를 찾아 나설 때보다 차분하고 누그러진 소행성은 잠시 머뭇거리다 지구에게 말을 걸었다.

"안녕하세요. 이곳에 어린 왕자가 있나요?"

"네."

지구는 소행성을 찬찬히 바라보며 짧게 대답했다.

"세상에 드디어! 죄송하지만 어린 왕자를 좀 불러주세요."

"어린 왕자는 당신을 만나고 싶어 하지 않아요."

그녀는 드디어 어린 왕자를 찾았고 이제 데려갈 수 있다는 생각에 기뻐하며 지구에게 어린 왕자를 불러달라 부탁했다. 하지만 지구는 단호하게 거절했다.

"앞의 별들에게도 들었죠? 아직 아인데 당신이 심했습니다. 자신을 힘들게 한 별에겐 어린 왕자도 돌아가고 싶지 않겠죠."

그녀는 지구의 말에 지금까지 만난 별들이 떠올랐다. 그녀는 무슨 말을 꺼내야 할지 망설였다. 지구까지 오는 데는 반년이 걸렸다. 우주를 돌아다니는 동안 별들에게 한 소리 들어가며 소행성도 자신의 과오를 돌아봤다. 자신이 심했다는 걸 알았지만, 그래서 어린 왕자를 포기할 수 없었다. 어린 왕자에게 용서를 구하고…….

달각달각 돌아가던 소행성의 생각이 멈췄다. 소행성은 드디어 깨달았다. 어린 왕자를 위해서 자신이 뭘 해야 하는지. 소행성은 고민 끝에 가장 알고 싶은 것 하나를 물었다.

"어린 왕자는, 잘 지내나요?"

"이곳저곳을 다니고 다양한 이들을 만나며 자유롭게 지냈어요. 철도원도 만나고 장미 정원에서 장미들을 가득 만나 울기도 하고, 장사꾼을 만나거나 여우 친구를 사귀고 노란 뱀을 만나고 사막에서 조종사도 만나며 즐겁게 지냈죠. 조종사에게 바오바브나무의 새싹을 먹어줄 양을 그려달라고 부탁하기도 했어요. 아직도 그 말을 믿는듯하더군요. 당신은 정말 모진 별이에요."

"아……."

소행성은 할 말을 찾지 못했다. 그저 미안함과 부끄러움과……, 온갖 감정이 뒤엉켜 그녀의 얼굴이 어두워졌다. 지구는 그런 소행성을 보고는 내키지 않는다는 듯 말했다.

"어린 왕자 전에 튀르키예 출신의 천문학자를 만났어요. 그곳에서 당신을 찾아달라 부탁했죠."

"어린 왕자가요?"

"축하해요. B-612. 당신에게 이름이 생겼어요."

"B-612……. 제 이름이에요? 정말?"

"네. 못된 엄마에게 주는 마지막 작별 선물이에요."

B-612는 마지막 별 지구에게 고맙다는 인사를 남기고 작별했다. 그리고 천천히 자신이 떠나온 길을 되감기 시작했다. 지리학자

김아영

는 B-612를 보고 아무 말 없이 별 속으로 사라졌다. 점등인은 다 듣고 왔냐며 잠시 아는체해 주다 곧바로 가로등에 신경을 돌렸다. 사업가는 그럴 줄 알았다는 듯 저를 바라보다 다시 서류에 집중했다. 술꾼은 B-612쪽을 보지도 않았다. 며칠 전 그를 처음 만났을 때처럼 등을 지고 가만 앉아있었다. 허영쟁이는 그녀를 보고도 전처럼 끊임없이 말하지 않았다. 그저 그녀를 빤히 바라보기만 했다. 그녀는 가장 처음 만난 별, 왕을 만났다. 왕은 아무런 말도 하지 않고 그녀를 바라봤다. 그녀는 아무 말도 할 수 없었다. 모든 것을 마무리 짓고 원래의 제 위치로 돌아온 그녀는 아무도 없는 적막한 어둠 속에서 노을을 바라봤다. 사실 아직도 모든 걸 받아들이진 못했다. 그녀는 자신이 어린 왕자에게 시킨 일들이, 자기 행동이 제 생각보다 과했다는 것만 조금 알았다. 그녀에게는 조용한 세 화산과 바오바브나무의 씨앗, 넘어진 빈 의자와 유리 뚜껑만이 남았다. 오래전 부서졌다는 게으름뱅이의 별처럼 차라리 부서졌으면 어땠을까. 그녀는 노을을 보며 사색에 잠겼다. 붉게 저무는 노을을 보고 있자니 마음이 한결 차분해지는 것 같았다. 소행성은 차분히 활동을 멈췄다. 그녀에게 남은 모든 것들은 품은 채 조용히 자리를 지켰다.

 "뭐야, 자는 거예요?"
 소행성은 익숙한 목소리에 눈을 번쩍 떴다. 오래도록 듣지 못했지만 기억하는 목소리. 어린 왕자였다.

"어린 왕자……?"

철새들을 타고 온 어린 왕자가 소행성을 차갑게 바라보고 있었다. 그녀는 멍하니 그를 바라봤다.

"어린 왕자야! 정말……. 정말 너니?"

"돌아온 거 아니니까 꿈 깨요."

"그렇구나……. 그럼, 날 왜 찾아온 거니 어린 왕자야?"

이전과는 전혀 다른 태도, 싸늘한 표정과 날 선 말투에 당황했지만, 소행성은 그토록 보고 싶던 어린 왕자를 만났다는 게 중요했다.

"화내러 왔어요."

"……화?"

"당신이 나한테 한 모든 일들이 다 싫었어요. 다 힘들고, 하기 싫었고, 아무것도 내게 도움 되지 않았어요. 대체 나한테 왜 그런 거예요?"

어린 왕자는 그녀에게 진심으로 화를 냈다. 그녀를 떠날 적 터트린 화가 아니라, 오랫동안 뒤엉킨 감정들을 풀어냈다.

"내가 그렇게 미덥지 않았던가요?"

"아니야, 어린 왕자야 그럴 리가!"

"그럼, 날 좀 봐주지 그랬어요. 게으름뱅이 별은 남인데 왜 나를 그와 똑같이 보는지 모르겠어요. 난 내가 잘하면 당신이 칭찬해 주길 바랐어요. 그냥 당신에게 인정받고 싶었단 말이에요."

김아영

어린 왕자는 소행성을 똑바로 바라보며 말했다. 속상하고 억울한 마음에 터져 나오는 울음을 참으며 말하느라 잔뜩 구겨진 얼굴, 힘이 잔뜩 들어간 목소리로 전하는 어린 왕자의 진심은 소행성의 생각보다 훨씬 소박한 것이었지만 정작 들어주지 못했다는 사실 때문에 더 아프게 전해졌다.

"미안……. 미안하구나 어린 왕자야. 내 욕심이 과했다. 내 잘못이야. 정말 미안하다 아가야……."

소행성은 진심으로 어린 왕자에게 미안했다. 항성이 아니라는 이유로 차별받고 모자란 취급을 당하던 자신처럼은 크지 말아줬으면 한다는 마음에 했던 행동. 아니, 이것도 변명이다. 어린 왕자의 마음을 알아주려 하지 않은 그녀의 잘못이다. 소행성은 진심으로 어린 왕자에게 사과했다. 그리고 어린 왕자의 잘못은 전혀 없음도 강조했다.

"어린 왕자야. 내가 정말 잘못했다. 네 마음이 내키지 않는다면 날 용서하지 말아라. 네 잘못은 전혀 없으니, 넌 잘해주었으니 오로지 날 미워해 주렴."

철새들 속에서 고개를 푹 숙이고 소행성의 말을 끝까지 듣던 어린 왕자는 그녀가 말을 마치자 조용히 돌아갔다.

"어린 왕자야. 쟤 용서할 거야?"

청록빛 눈을 가진 철새가 물었다. 어린 왕자는 뒤를 슬쩍 돌아보고는 고개를 가로저으며 말했다.

"아니, 하지만 다음에도 찾아갈 거야."

"만나기 싫은 거 아니었어? 굳이 안 만나도 돼."

무심한 표정의 철새가 어린 왕자의 옆에 다가와 말했다. 왜 만나려 하는지 이해가 안 간다는 듯했다.

"알아, 하지만 언젠가 또 화내러 갈 거야."

어린 왕자는 지구로 향했다. 소행성을 피해 철새들과 도망갔을 때보다 홀가분한 표정을 짓고.

김아영

김아영

안녕하세요.

"어린 왕자" 동화를 각색해 'B-612' 소설을 쓴 김아영입니다.

사실 처음 소설을 쓸 때는 지금과 내용이 많이 달랐습니다. 소설을 쓰는 중 원작의 디테일을 놓치고 싶지 않아 다시 읽은 "어린 왕자" 소설에서 어린 왕자의 소행성에 눈길이 갔습니다.

원작에서 어린 왕자는 장미 때문에 소행성을 떠났지만, 매일 돌보고 노을을 즐기며 아꼈던 소행성을 정말 장미 하나 때문에 떠났을까. 의문이 생겼습니다. 어린 왕자가 소행성을 떠난 건 어쩌면 자신의 소행성에 불만이 있던 게 아니었을까, 하는 생각에 사로잡혀 결국 쓰던 글을 엎었고, 새로운 주인공을 내세워 지금의 'B-612'를 완성하였습니다.

여러분도 소설을 읽으며 제 해석을 흥미롭게 봐주시면 좋겠습
니다. 감사합니다.

김아영

　내일은 이삿날이다. 드디어 마냥 네버랜드에서 뛰어놀던 웬디인 내가 어른이 되고 처음 자취 생활을 했던 집을 떠난다. 더 좋은 집으로 이사하게 되어서 한편으로는 좋았지만 정든 첫 자취 집을 떠난다는 아쉬움이 더 컸다. 내일 이사를 위해 집을 정리 중이다. 이제 얼마 남지 않았다. 마지막 책장의 칸을 열 때였다. 어딘가 익숙하지만 오래된 낡은 책 한 권이 나왔다.

　어릴 적 내 일기장이었다.

　이 일기장은 내가 한창 사춘기였을 시절 네버랜드를 오가며 썼던 일들의 기록이었다. 일기장에는 피터 팬과 처음 네버랜드를 간 신기했던 경험, 후크 선장과 싸웠던 아찔한 추억들이 적혀 있었다. 어른이 된 후 바쁜 현대사회에 치여 사느라 어린 시절을 잊고 있었다. 이 일기장을 보니 옛 추억들이 하나씩 떠올랐다. 그 자리에 앉아 일기장을 한참 읽었다. 읽다 보니 벌써 새벽이었다. 나는 내일 아침 이사를 위해 얼른 잠자리에 들었다.

얼마나 잤을까, 벌써 이삿짐센터의 트럭 소리가 들렸다. 짐을 옮기고 새집으로 들어왔다. 너무 피곤해서 일단 짐 정리는 내일로 미뤄두고 침대에 누웠다. 지쳐서 멍하게 있는데 어제 읽었던 일기장이 다시 생각났다.

그러다 문득 피터 팬의 근황이 궁금해졌다. 피터 팬은 아직도 네버랜드에 살고 있을까? 나도 만약 네버랜드에서 계속 살았다면 지금 나는 어땠을까? 궁금해졌다.

그렇게 새벽이 지나가고 있을 때였다. 자꾸 창문 사이로 검은 그림자가 보였다. 처음에는 신경을 쓰지 않았는데 혹시 하는 마음에 창문을 열어봤다.

피터 팬이었다!

운명 같은 타이밍이었다. 피터 팬은 5년 전과 같은 초록 고깔모자에 초록 옷을 입고 있었고 팅커벨도 여전히 보랏빛으로 빛나고 있었다. 다만 5년 전과 다른 것을 꼽자면 피터 팬의 얼굴이었다. 해맑고 순수했던 피터 팬의 표정은 온데간데없었다. 걱정과 고민으로 가득 찬 피터 팬이 창밖에 있었다.

오랜만에 만난 기쁜 마음에 피터 팬과 한참 동안 이야기를 나누었다. 그러던 중 피터 팬이 조심스럽게 말을 꺼냈다.

정한결

"나도 이제 네버랜드에서 벗어나 어른이 되고 싶어."

나는 그 말을 듣고 깜짝 놀랐다. 지금까지 나는 피터 팬은 영원히 어른이 되고 싶지 않을 것이라고 생각했다. 피터 팬이 어른이 된다는 것을 상상해 본 적도 없었다.

지금 내 앞에 있는 피터 팬은 어른에 대하여 진지하게 고민하고 있는 것으로 보였다. 피터 팬은 지금껏 한 번도 본 적 없는 심각한 표정을 하고 있었다. 나는 피터 팬을 보며 나의 놀란 마음을 숨기고 진지하게 생각해 보자며 피터 팬을 위로했다. 피터 팬은 고맙다는 말을 남기며 일주일 후에 다시 오겠다고 했다.

나는 일주일 동안 회사에서 쉬는 시간, 점심시간 짬짬이 어른이 되는 법을 생각하였다. 나이가 들면서 자연스럽게 어른이 된다고 생각했다. 이러한 당연한 순리에 대해 진지하게 고민해 보지 않았었다. 그런데 지난밤, 피터 팬의 말을 듣고 진정한 어른이 되는 법이 무엇인지에 대해 생각하게 되었다.

그렇게 일주일이 흐르고 피터 팬은 다시 찾아왔다. 나도 진정한 어른이 되는 법을 아직 찾지 못했다. 그래서 피터 팬과 나는 더 나이가 많은 어른들을 찾아가 물어보기로 하고 무작정 집을 나섰다. 처음으로 우리가 마주친 어른은 옆집 할머니였다.

"할머니, 안녕하세요."

내가 말했다.

할머니는 나를 반갑게 반기며 집에서 쿠키를 먹고 가라고 했다. 마침 배가 고팠던 나와 피터 팬은 할머니 집으로 향했다. 할머니는 따뜻한 쿠키를 가져다주었다.

피터 팬이 쿠키를 한입 베어 물고 할머니께 여쭸다.

"할머니 진정한 어른이란 무엇일까요?"

할머니는 커피를 마시며 대답하셨다.

"진정한 어른이란 베풀 줄 아는 사람이야."

피터 팬과 나는 이해가 되는듯하면서도 아리송한 채로 쿠키를 마저 먹고 할머니 집에서 나왔다. 할머니께서 주신 쿠키가 따뜻하고 맛있었다고 생각했다. 쿠키만으로도 옆집 할머니께 온 것이 만족스러웠다.

"우리는 무엇을 베풀어야 할까?"

피터 팬이 물었다.

"봉사나 기부를 하라는 말씀이 아닐까?"

정말 처음 답변부터 너무 어려웠다. 고민에 빠져 있을 때 피터 팬의 눈에 경찰서가 들어왔다.

"경찰은 사회를 위해 정의로운 일을 하는 사람이니 뭔가 잘 알 것 같아."

피터 팬의 생각에 나도 동의하며 발걸음을 돌려 따라나섰다.

"무슨 일이세요?"

정한결

경찰이 물었다.

"경찰 아저씨, 혹시 진정한 어른이란 것은 어떤 것일까요?"

이번에는 내가 물었다.

경찰 아저씨도 난데없는 질문에 당황하시는 것으로 보였다. 그럼에도 불구하고 질문에 대해 진지하게 생각하시는 것 같았다. 질문이 조금 어려웠는지 잠시 망설이다 대답하셨다.

"진정한 어른이란 자신의 일에 책임을 질 수 있는 사람이 아닐까요?"

경찰 아저씨는 고민 끝에 이 말씀을 하신 후, 더 하고 싶은 말씀이 있는 것처럼 보였다. 그러나 경찰 아저씨를 찾는 긴급 전화를 받고 바로 출동하셨다.

피터 팬과 나는 더 막막해진 기분이었다. 미처 감사하다는 말을 하지 못해서 송구한 마음이 들었다. 전화 한 통을 받고 발 빠르게 움직이셨던 경찰 아저씨의 모습이 오랫동안 잔상으로 남았다.

"하, 진짜 무슨 말이지? 내가 한 일에 책임을 져?"

피터 팬이 말했다.

어른인 나도 백 퍼센트 이해는 되지 않았다.

"이대로 물어보다간 답을 찾지 못할 것 같아."

피터 팬이 말했다.

"다시 네버랜드에 가서 어른들과 네버랜드 아이들의 차이점을 찾아보는 것은 어떨까?"

나는 네버랜드에 간다는 생각으로 들뜨기 시작했다. 피터 팬과 하늘을 날 때의 기분은 하늘을 날며 모든 것이 작아 보이고 내 것만 같았던 감정이었다.

네버랜드에 도착했다. 먼저 네버랜드의 아이들과 어른들의 가장 처음 보이는 다른 점은 키, 골격 등 몸의 크기였다.
"일단 더 둘러보자."
피터 팬이 말했다.
강가를 지날 때, 시끄러운 소리가 들렸다. 한 여자아이가 우는 소리였다. 아이에게 다가가니 아이는 엄마를 잃어버렸다고 했다. 마침 오던 길에 아이를 찾던 엄마를 만났던 우리는 아이를 데리고 엄마가 있는 쪽으로 향했다. 아이를 엄마에게 데려다주고 나왔다. 왔던 길을 또다시 되돌아 걸어가며 피터 팬은 무엇인가를 깨달은 듯이 말했다.
"난 어른이 우는 걸 본 적이 없는 것 같아. 진정한 어른이란 울지 않는 것이 아닐까?"
나도 생각해 보니 어렸을 때 어른들이 우는 모습을 본 적도 없고 볼일도 없었던 거 같아 그 말에 동의했다.

정한결

"이제 차이점을 찾았으니 돌아가자!"

확신에 찬 피터 팬이 말했다. 나는 오랜만에 놀러 온 네버랜드를 빨리 떠나는 것이 아쉬웠지만 돌아가야겠다고 생각했다. 다시 현실 세계에 돌아온 웬디와 피터 팬은 웬디의 집으로 가기 위해 도로를 걷고 있었다. 그런데 너무 많이 움직인 탓인지 배가 고프기 시작했다. 앞에 보이는 파스타집으로 들어갔다.

식당으로 들어서자마자 나이 든 요리사가 카운터에 앉아서 울고 있었다. 피터 팬은 그 자리에서 자신이 틀렸다는 것을 알게 되었다. 요리사는 부양해야 할 가족들이 많은데 장사가 너무 안되어 생계유지가 어렵다고 했다. 나도 요리사가 안타깝다는 생각을 하였다. 그때 요리사가 식당을 방문해 주어서 고맙다며 수제 에이드를 서비스로 가져다주었다. 나는 너무 맛있어서 깜짝 놀랐다. 사실 파스타보다 에이드가 더 내 취향이었다.

"에이드만 따로 장사해 보시는 건 어때요?"

나이 든 요리사는 자신의 에이드가 그렇게 맛있냐며 좋아하면서 그렇게 해보겠다고 대답했다. 나는 내 조언이 도움이 되었길 바라며 식사를 마치고 나왔다.

식당을 나오며 진정한 어른이 되는 방법 중 '울지 않는다.'는 것이 틀렸다고 생각하니 막막했다. 복잡한 마음으로 식사를 마치고 피터 팬과 함께 집으로 돌아왔다. 마침 엄마가 우리 집을 구경하기 위해 집 앞에 서 계셨다.

"어디 갔다 이제 왔니? 한참 기다렸잖아."

"저 피터 팬을 오랜만에 만났어요."

엄마는 몹시 반가워했다.

집으로 들어가 나와 피터 팬은 지금까지의 여정을 엄마에게 설명했다. 엄마는 이야기를 모두 듣고 웃음을 터트리셨다.

"너희가 나름 고민 많이 했겠구나."

우리는 궁금증을 참지 못하고 엄마에게 물었다.

"어른들이 우는 모습을 한 번도 본적이 없는데 어른들도 우나요?"

엄마가 말했다.

"어른들도 똑같이 슬플 땐 울기도 해. 다만 아이들 앞에선 참는 거지."

우리는 우리의 생각이 아니었다는 것을 깨닫고 방으로 들어왔다.

"너무 복잡해, 그냥 평생 아이처럼 이런 고민 안 하고 살래."

피터 팬이 말했다. 나는 그 말을 듣자 너무 당황스럽고 한편으론 화가 났다.

"벌써 이렇게 포기해 버리는 거야?"

내가 물었다.

"어른은 나랑 안 맞아. 난 그냥 내일 다시 네버랜드로 갈게."

피터 팬이 말했다.

나는 마음을 가다듬고 계속 말을 이어갔다.

"이제 곧 답을 찾을 수 있을 거야. 조금만 더 찾아보자 피터 팬."

정한결

방에서 소란스럽게 얘기를 하자 엄마가 무슨 일 있냐며 들어왔다.

엄마는 진지하게 우리의 갈등 상황을 들어주시곤 말했다.

"진정한 어른이란 없어. 나도 아이처럼 실수하고, 울기도 해. 하지만 참고 노력하는 거지. 너희들이 진정한 어른이 되려는 그 마음가짐과 생각들이 너희를 멋진 어른으로 만들어 줄 거야. 이 과정에서 너희는 이미 어른이 된 거야."

피터 팬의 얼굴이 한순간 밝아졌다.

왜 꼭 답을 찾으려고만 했을까, 답을 찾는 데 급급해서 정작 우리의 내면을 보지 못했다는 생각이 들었다.

해결이 되었다는 생각이 드니 막막했던 것들이 풀리는 느낌이었다.

우리 둘은 바로 잠이 들었다. 어느 때보다도 단잠이었다.

정한결

안녕하세요.

'네버랜드를 떠난 피터 팬'을 쓴 정한결입니다.

저는 "피터 팬"이라는 동화를 보면서 피터 팬이 마냥 네버랜드에 살지 않고 어른이 되면 어떨까 하는 생각이 들어서 이 글을 썼습니다.

피터 팬이 어른이 되어가는 과정을 쓰면서 저도 어른에 대해 많이 생각해 본 시간이었습니다.

진정한 어른이란 완벽한 사람이라기보다 진정한 어른이 되기 위해 노력하는 우리의 마음 아닐까요?

거품이 된 인어공주를 바라보는 건 머리카락이 잘린 인어공주의 언니들뿐만이 아니었다. 인어공주에게 다리를 만들어 준 마녀 역시 그 광경을 지켜보고 있었다. 서서히 하늘로 올라가던 마지막 거품이 터졌을 때 마녀는 아무도 모르게 바다 깊은 곳 자신의 은신처인 난파선 안으로 들어갔다. 울음을 감추기 위해서였을까.

마녀는 난파선 구석에 앉아 어디서부터 잘못되었는지 되짚어 보기 시작했다. 마녀가 처음 에리얼을 만나게 된 계기는 마녀가 성별이 없다는 것이 밝혀진 것에서부터 시작되었다. 이 사실을 알게 된 대부분의 바닷속 생명체가 마녀를 혐오했다. 심지어 같은 문어마저도 징그럽다며 배척하고 마녀가 지나갈 때면 돌을 던지거나, 모욕적인 말을 하기 일쑤였다.

많은 괴롭힘에 지친 마녀는 생명체가 닿지 않는 심해까지 도망
가게 되었다. 그렇게 깊이, 더 깊이 아무도 보이지 않을 때까지 내
려갔다. 더 이상 소리도, 모습도 보이지 않는 심해에 도착한 것을
깨달은 마녀는 생명체가 없는 고요한 바다를 이리저리 돌아다니
고 있었다.

아무도 없는 심해를 즐기고 있을 무렵, 갑자기 화려한 열대어의
지느러미같이 아름다운 노랫소리가 들려왔다. 자세히 들어보니 이
것은 운명의 상대를 찾고 싶다는 소녀다운 내용의 사랑 노래였다.
마녀는 그 소리에 홀려 노랫소리가 나는 곳으로 걸어갔다. 발걸음
이 끝난 곳에는 거대한 바위 동굴이 자리 잡고 있었다.
거대한 바위 동굴의 웅장함에 놀란 것도 잠시, 마녀는 이런 깊은
심해에 있는 바위 동굴에서 노랫소리가 들린다는 것에 약간의 께
름칙함을 느꼈다. 다만 분명히 아름다운 노랫소리는 이 바위 동굴
안에서 울려 퍼지고 있었다. 마녀는 아름다운 소리에 홀려 조심스
레 바위 동굴 안을 들여다보았다. 그 순간 마녀는 무언가에 압도되
는 기분을 느꼈다. 한 올 한 올 흩날리는 산호색의 머리카락, 어둠
속에서도 빛나는 보석 같은 비늘을 가진 인어가 노래를 부르고 있
었기 때문이었다. 마녀는 이런 생명체가 드문 깊은 심해에 인어가

서가영

있다는 것이 의아했다. 왜 이곳에 인어가 있는지부터 시작해서 인어의 공허해 보이는 표정의 이유도 말이다.

마녀가 이런저런 생각을 하고 있던 사이 인어가 동굴 입구 쪽으로 걸어왔다. 마녀는 재빨리 깊은 바위틈에 몸을 숨겼다. 잠시 뒤 인어가 사라지고 마녀는 바위틈에서 나와 심장을 부여잡고 미칠 듯이 뛰는 심장을 진정시켰다.

마녀는 지금 느끼는 이 감정이 무슨 감정인지에 대해 오랫동안 생각했다. 사랑일까? 아니면 아름다운 노랫소리에 압도된 걸까. 곰곰이 생각하던 마녀는 자신이 인어의 노래에 반했다고 결론 내렸다.

그 이후로 마녀는 다음 날도, 그다음 날도 바위 동굴에서 인어의 노래를 듣기 위해 기다렸다. 같은 시간 같은 곳에서. 물론 인어가 매일 와서 노래를 부르는 것은 아니었으나 운이 좋은 날이면 노래를 들을 수 있었다. 인어의 노래를 듣게 되는 날은 몸 끝에서부터 올라오는 찌릿한 감정에 쉬이 잠들지 못했다.

몇 주가 지났을까. 마녀는 여느 때와 같이 인어의 노래를 듣다 이런 노래를 공짜로 들어도 되는가에 대해 생각했다. 그도 그럴 것이 인어의 노래는 정말 마녀가 살면서 들어온 소리 중에 가장 아름다웠기 때문이었다. 인어가 사랑을 노래할 때면 분홍빛 노을이 떠올랐고, 슬픔을 노래할 때면 평생 맡아보지도 못한 비 냄새를 맡는듯했다. 고민 끝에 마녀는 인간 세계를 동경하는 인어에게 난파선 안에 있던 꽃을 선물해 주기로 했다. 원래 같았다면 꽃이 시들었어야 했지만, 마녀의 마법으로 애지중지 키웠기에 인어공주가 올 때까지 시들지 않았다.

마녀는 다음 날 평소보다 일찍 바위 동굴에 가 동굴 가운데에 오로지 인간 세계에서만 볼 수 있는 꽃을 놓고 왔다. 그러곤 다시 또 바위 동굴 틈에 숨어 인어가 오기를 기다렸다.

얼마나 지났을까. 인어는 어김없이 바위 동굴에 들어왔다. 인어는 바위 동굴 가운데에 놓인 화병을 보고는 처음에는 멀찍이 떨어져 지켜보더니 인간 세계의 물건인 것을 알아채고는 화색을 띠며 헤엄쳐 와 이리저리 꽃병을 관찰했다. 꽃병을 보는 인어의 표정은 너무나 아름다웠다. 굉장히 귀중한 물건을 다루듯 하는 모습을 보고는 마녀는 속으로 인어가 자신도 그리 봐줬으면이라고 생각했으나 금세 무슨 생각을 했냐며 자책하고는 인어의 노래를 감상했다. 그날은 평소와 다르게 해마도 한 마리 와 있었다. 인어는 노래를 부르다 갑자기 생각난 듯 해마에게 말을 걸었다.

"해마야. 요즘 바다생물들 사이에서 어떤 문어에 대한 말이 돌던데 뭔지 알아? 들어보니 딱히 무언가 잘못해서 욕을 하는 건 아닌 것 같던데."

"아, 그건 그 문어가 성별이 없어서 그런 겁니다."

"성별이 없는 게 왜? 그게 문제가 되는 거야?"

"큰 문제는 아니지만 바닷속 생물들 사이에서는 징그럽다는 평을 받는듯합니다."

마녀의 심장이 쿵 내려앉았다.

최근에서야 잊게 되었는데 이제는 이 심해에서도 소문에서 벗어날 수 없다는 것에 마녀는 말로 표현할 수 없는 공허함과 허탈함을 느꼈다. 마녀는 다시는 다른 생물에게 마음을 주지 않겠다 다짐을 하며 집으로 발길을 옮기려던 순간이었다.

"성별이 없을 수 있는 거지. 그게 왜 징그럽다고 하는 거야?"

"그것이……. 일단 일반 바다생물과는 좀 다르니 그런 것 같습니다."

"이해하지 못하겠어. 자신들에게 폐를 끼친 것도 아닌데."

그 말을 들은 순간 마녀가 바라보는 세상에 불이 켜졌다. 흑백이었던 세상이 색을 찾아가기 시작했다. 마녀는 처음으로 누군가를 믿게 되었다. 그것은 신도, 마법도 아닌 이름도 모르는 인어였다.

그날 이후로 마녀는 매일 인어가 오기 전 선물을 두고 숨었다. 하지만 인어는 누군가가 자신의 노래를 듣고 있다고는 생각하지 못하는 듯했다. 인어는 평소에도 운이 꽤 좋았기에 이번에도 운이 좋아 그런 것이라 여겼다.

그러던 어느 날이었다. 인어의 노래를 듣던 문어는 노래의 가사에서 평소와 다름을 느꼈다. 운명의 상대를 찾고 있던 평소의 노래와는 달리 이번에는 운명의 상대를 만났고 그를 다시 만나기를 바라는 내용이었다. 마녀는 다시 집중해서 노래를 들었다. 운명의 상대의 주인공은 왕자였다. 문어는 이제 막 바다에 나갈 수 있게 된 인어공주가 어째서 왕자를 만날 수 있었는지 생각했다. 또한 마녀는 며칠 전 주변 나라의 왕자가 이 바다 부근에서 파티를 벌였다는 것을 떠올렸다. 마녀는 그 사실을 떠올리자마자 머리가 멍해졌다. 기분이 이상했다.

입에서는 먹물이 쏟아져 나올 것 같았고 여덟 개의 다리가 버겁게 느껴졌다. 평소에는 잘 숨어 있었던 마녀가 그날따라 어설프게 숨었었던 까닭이기도 했다. 인어는 마녀가 어설프게 숨었었던 탓에 금방 누군가 밖에 있다는 것을 알아채고 재빠르게 도망갔다. 마녀는 그런 인어가 심해의 어둠 속에 사라질 때까지 바라만 보고 있었다.

인어가 시야에서 사라지자 마녀는 난파선으로 돌아갔다. 마녀는 지금 자신이 느끼는 이상한 감정의 이름과 이유를 알고 싶어 했다. 머릿속을 먹물 뽑듯 쥐어짜 내어도 해답은 나오지 않았다. 마녀는 도저히 혼자서는 결론을 내릴 수 없을 것 같아 어릴 적부터 함께 지냈던 주꾸미를 불렀다. 한 시간 뒤 주꾸미는 마녀의 집에 도착했다.

"좀 치우고 살아. 집에 해골이 왜 있어."

서가영

"난파선이라 그래."

"하. 그래서 무슨 일로 날 불렀어?"

"고민이 있어."

"무슨 고민?"

마녀는 지금까지 있었던 모든 일을 설명했다. 삶에 치여 도망을 갔다 우연히 인어를 만나게 된 것도, 인어의 노래를 듣고 느낀 이름 모를 감정과 벅차오름, 그리고 그 외 자잘하지만, 인어와 관련 있는 모든 것을.

"너 인어를 좋아하는 거 아냐?"

"아니야. 그럴 리 없어."

"그럼, 왜 매일 바위 동굴에 갔는데?"

"인어의 노래를 듣기 위해서."

"하지만 넌 인어가 노래를 부르지 않는 날에도 계속 인어를 지켜보고 있었어. 그냥 집에 돌아가도 됐었는데도 말이야."

"……."

"바위 동굴에 매일 가게 된 계기는 노래일지도 모르지. 하지만 너는 그 과정 속에서 인어를 사랑하게 된 걸지도 몰라."

"하지만 난 성별이 없는걸. 성별이 없는데 누군가를 사랑한다는 게 웃기지 않아? 자손 번식과 생존에는 아무짝에도 쓸모없는 행동인데 말이야. 다른 바다생물들이 들으면 날 멍청하고 어리석다고 비웃을 게 뻔해."

"비효율적이면 어때? 사랑에 효율을 따지는 게 더 이상한 거 아니야? 그리고 성별이 없는 게 뭐가 어때서. 가장 중요한 건 누가 너를 어떻게 보고 어떻게 생각해도 너는 너라는 거지. 네 감정에 솔직해져."

"……."

마녀는 꽤 오랫동안 고민하는 듯했다. 주꾸미는 한동안 계속 바라보다 한숨을 내쉬고는 나갈 채비를 했다.

"나는 이만 가볼게."

마녀는 그 순간 생각을 마친 듯 입을 열었다.

"고마워. 네 말을 듣고 깨달았어. 나 인어를 사랑하나 봐."

"알게 됐다니 다행이네. 그리고 가능하다면 집도 좀 치우고."

"생각은 해볼게. 지금, 이 상태로도 나는 충분하거든."

마녀의 말이 끝나자 주꾸미는 혀를 끌끌 차며 마녀의 집을 나갔다.

마녀는 결심했다.

지금 당장 인어를 보러 갈 것이라고.

마녀는 속으로는 너무 성급한 게 아닌가 생각했지만 이미 발걸음은 인어가 있는 바다 왕궁으로 향하기 시작했다. 바다 왕궁 입구에 도착한 마녀는 호기롭게 들어가려 했다. 먼 길을 가는 중에 28개의 돌멩이를 맞았고 51가지의 험담을 들었지만 아랑곳하지 않았다. 마녀는 뭐든지 할 수 있다고 생각했다.

그러나 그런 마녀를 막은 것은 바다 왕궁을 지키는 기사들이었다. 마녀는 인어를 만나러 왔다고 했지만 정작 인어의 생김새만 알뿐 이름과 몇 번째 딸인지조차도 몰랐기에 저항조차 하지 못하고 돌아와야만 했다.

"왕족이 그렇게 쉽게 만날 수 있는 줄 아시오?"

마녀는 그 말에 아무런 대답도 할 수 없었다. 그렇기에 마녀가 할 수 있던 일은 얌전히 다시 집으로 돌아가는 것뿐이었다. 집으로 돌아온 마녀는 이런 상황에 절망했다. 드디어 사랑임을 깨닫게 됐는데 아무것도 하지 못하다니. 마녀는 사랑임을 몰랐을 때보다 사랑임을 깨달은 지금이 더욱 아프다고 느꼈다.

그 후 어떻게 하면 인어를 다시 마주칠 수 있을지 생각하던 순간이었다. 그 순간 마녀의 눈앞에 인어가 나타났다. 인어는 마녀의 집 안으로 걸어 들어오고 있었다.

마녀는 꿈인가 싶어 두 눈을 비비고 다시 앞을 바라보았다.

'환각인가. 내가 드디어 미쳤구나.'

마녀는 인어를 뚫어져라 쳐다봤다. 산호색의 머리카락, 옥같이 반짝이는 비늘. 틀림없이 마녀가 사랑하는 인어가 맞았다. 인어는 처음부터 자신을 쳐다보는 마녀가 부담스러웠지만 곧장 목을 가다듬고 자신이 원하는 바를 말했다.

"마녀님. 저는 다리를 갖고 싶어요."

마녀는 이유를 알고 있었으나 모르는 척 이유를 물어봤다.

"왜 다리를 갖고 싶지?"

"인간이 되어서 왕자님과 결혼하고 싶어요."

마녀는 어떻게든 인어가 다리를 갖는 것을 포기하게 만들고 싶었기에 일부러 다리가 생길 때의 단점들을 다 알려줬다.

"다리……. 한평생 지느러미로만 살았던 네가 다리를 얻으면 굉장히 아플 거야. 네 살이 찢어지는 고통보다 아플 테지. 그래도 괜찮나?"

"괜찮아요. 견딜 수 있어요."

"다리를 만드는 마법 약에는 네 혀가 필요해. 넌 혀가 없어질 거고, 말도 못 하게 될 거야. 그래도 괜찮나?"

"……."

인어는 오랫동안 말이 없었다. 혀가 없어지면 왕자님과 대화를 하지 못하고 헤어져야 할 게 뻔했기 때문이다. 그 순간 마녀는 마음속으로만 하던 말을 입 밖으로 꺼냈다.

"그래도……. 넌 예쁘니까 말 정도야 하지 않아도 왕자를 꾀어낼 수 있을지도……."

그 말에 확신을 얻은 인어는 다시 대답했다.

"혀. 없어도 돼요."

마녀는 아차 싶었지만 그게 인어의 선택이라면 어쩔 수 없었다.

"다시는 너희 언니들과 헤엄을 칠 수 없을 것이고, 사랑하는 너의 아버지와 어머니도 못 볼 거야. 그래도 괜찮나?"

"괜찮아요. 그러니 얼른 제게 다리를 생기는 약을 만들어 주세요!"

121

마녀는 인어가 자신의 모든 것을 버려도 될 정도로 사랑하는 왕자를 자신이 이기지 못한다는 것을 깨달았다. 아니. 사실은 전부터 알고 있었지만 모르는 척했을 뿐이었다. 마녀는 인어가 행복하기를 바랐다. 다만 자신의 곁에서 행복했다면 훨씬 더 좋았겠지만, 왕자의 옆에서 지금보다 행복한 삶을 살 수 있다면 그것만으로도 나쁘지 않은 선택일 것 같았다.

"그래. 좋아. 네게 다리가 생기는 물약을 만들어 줄게. 대신 왕자가 다른 여자와 결혼하면 넌 물거품이 될 거야."

마녀는 혹여 목소리가 떨리는 것이 들킬까 큰 소리로 말했으나, 떨리는 목소리를 더 크게 들려줄 뿐이었다. 다만 인어는 그저 왕자와 다리가 생기는 물약에 집중하느라 마녀의 행동에 관심을 가질 여유가 없었다. 불행 중 다행이라 할 수 있을까. 마녀는 숨을 가다듬고 구석에서 커다란 가위를 꺼냈다. 손에 쥔 커다란 가위를 보며 마녀는 사랑하는 인어의 혀를 잘라야 한다는 사실에 절망했지만 이미 제정신이 아니었기에 힘들지만은 않았다. 마녀는 커다란 가위를 들고 인어의 입에 가져갔다. 인어는 눈을 꼭 감고 혀를 있는 힘껏 내밀었다.

싹둑.

인어의 혀가 인어의 몸에서 떨어져 나갔다.

인어는 눈을 뜨고 입에 손을 넣어 혀가 사라진 입 안을 더듬었다. 혀가 없는 것이 꽤 어색한 모양이었다. 그런 모습을 보고 마녀는 깊은 한숨을 쉬고는 가마솥에 인어의 잘린 인어의 혀를 넣고 그 외에 이것저것 기이한 재료들을 넣고 한참을 섞었다. 그러더니 가마솥에서는 신비로운 빛이 나더니 물약이 만들어졌다. 마녀는 그 물약을 유리병에 담아 인어에게 건넸다. 주기 전까지도 망설였으나, 이미 혀를 잘라 만들었기에 무를 수도 없는 터였다.

인어는 물약을 받고 말은 하지 못했지만 기뻐하는 것이 눈에 보였다. 마녀는 그런 인어가 안쓰럽기도 했고 동시에 무서워 보이기도 했다. 마녀는 인어에게 충고했다.

"내일 아침, 해변에 가서 물약을 마셔. 그럼 넌 다리가 생길 거야. 그리고 명심해. 왕자가 다른 여자와 결혼하면 넌 물거품이 되어 죽게 되는 거야."

인어는 '네.'라는 대답 대신 고개를 끄덕이곤 마녀의 집을 나가려 등을 돌렸다. 그 순간 마녀는 무언가 생각이 난 듯 인어에게 이름을 종이에 써달라고 했다. 인어는 종이에 에리얼이라는 이름을 쓰고 떠났다.

그리고 하루가 지났다.

마녀는 수정구슬로 에리얼이 어떻게 지내고 있는지 확인했다. 처음 몇 시간에는 왕자가 잘해주는 듯했으나 몇 시간 뒤 어떤 여자가 자신이 왕자를 구해준 사람이라며 왕자에게 말을 걸기 시작했다. 그러더니 왕자는 그 말에 감동하여 그 여자와 결혼하기로 결심하고 서류까지 작성하고 있었다.

서가영

마녀는 다급하게 집 어딘가에서 인간들이 쓰는 칼을 꺼냈다. 그러고는 왕국으로 걸어갔다. 이번에도 돌과 쓰레기들을 맞고 갖은 수모를 겪어야 했다. 이번에도 마녀는 견뎌냈다. 그리고 왕국을 수호하는 기사들에게 들여보내 달라고 했다. 기사들은 웃으며 마녀에게 말했다.

"저기요. 당신이 찾는 인어의 이름이라도 알긴 하는 겁니까? 자꾸 그렇게 찾아오면 이쪽에서도 곤란하단 말입니다."

"에리얼. 맞죠? 그러니 얼른 들여보내 줘요. 에리얼의 자매들에게 할 얘기가 있으니."

말이 끝나자마자 기사들은 서로 눈치를 보며 문을 열었다. 마녀는 인어의 자매로 보이는 인어에게 걸어가 미역에 감싸진 칼을 보여줬다. 그녀는 흠칫 놀라는가 했지만 그래서 용건이 무어냐는 듯 마녀를 고요히 바라봤다. 그러자 마녀는 입을 열었다.

"에리얼이 인간의 다리를 얻고 지상으로 나갔습니다."

그 순간 그녀의 표정이 일그러지며 아까 표정과는 다른 고조된 목소리로 물었다.

"에리얼이요? 당신이 그걸 어떻게 아시죠?"

마녀는 답했다.

"제가 인어공주에게 다리를 만들어 주었으니까요."

"그 칼은 뭐죠?"

"인어공주는 3일 동안 인간의 다리를 가지는 대가로 자신의 혀와 자신의 목숨을 바꾸었습니다. 그리고 인어공주를 다시 살리고 인어로 되돌리는 방법은 왕자와 결혼해 키스하거나, 이 칼에 마법을 걸어 왕자의 심장을 찔러야 하죠. 그리고 현재 왕자는 다른 여자와 결혼하려 하고 있고요."

그녀의 표정은 심란해 보였다. 흔들리는 동공과 그녀의 거품을 뱉는 속도가 빨라진 것이 이를 방증했다.

"여기서 할 이야기는 아닌듯하네요. 따라오시죠."

마녀는 그녀를 따라 용궁의 응접실에 들어갔다. 그곳에는 그녀와 마녀 단둘이었다.

"그래서 이제 어떻게 해야 하죠?"

그녀가 물었다.

"인어의 머리카락이 필요합니다. 좀 많이요."

"머리카락이요?"

"아까 제가 이 칼에 마법을 걸어야 한다고 하지 않았습니까? 사실은 인간의 머리카락이 필요하나 지상으로 갈 순 없으니 가장 비슷한 인어의 머리카락을 사용해야 합니다."

"……"

그녀는 고민하는 듯하더니 얼마 안 가 입을 열었다.

"한 시간만 기다려 주세요."

그 말이 끝나자마자 그녀는 서둘러 문을 열고 나갔다. 그녀가 나간 후 마녀는 그녀의 입에서 대답이 나오기까지 참았던 숨을 모조

서가영

리 뱉어냈다.

"다행이다. 정말로……."

한 시간 뒤 인어의 자매들은 정말로 자신들의 머리카락을 잘라 가져 왔고 마녀는 곧장 집으로 향했다. 집에 도착한 마녀는 머리카락과 약을 솥에 넣고 주문을 외웠다. 꼬박 하루하고도 22시간 동안 솥을 저었다. 팔이 잘려나가는 것처럼 저렸지만 에리얼을 살리기 위해서라면 상관없었다.

마녀는 솥을 젓는 동안 틈틈이 혹시나 해서 수정구슬을 바라봤지만 볼 때마다 그 여자와 왕자의 사이만 더 돈독해져 있었기에 후반쯤에는 아예 수정구슬 자체를 바라보지 않았다.

이윽고 약이 완성되었다. 마녀는 그 약 안에 칼을 넣었고 칼을 넣자마자 신비한 빛과 연기가 나오며 마법의 칼이 마법의 약 위로 떠올랐다.

마녀는 곧장 이 칼을 가지고 왕궁에 가 이 칼을 전해줬다. 인어의 자매들 또한 칼을 받고 빠른 속도로 에리얼이 있는 곳으로 갔다. 마침 오늘 또한 왕자가 바다 위에서 파티를 열었기에 에리얼을 찾기는 쉬웠다. 에리얼이 거품이 되기 두 시간이 채 남지 않은 시간이었다. 드디어 왕자가 주최한 파티가 열린 배에 도착한 인어의 자매들은 에리얼을 불렀다.

그러자 잠시 후, 에리얼이 배의 난간에 기대어 언니들을 바라봤다. 반가워하는 듯했으나 곧 다가올 제 죽음을 인지했는지 마냥 행복해 보이는 표정은 아니었다. 인어의 자매들은 에리얼에게 마법의 칼을 던져줬다.

"이걸로 왕자를 죽여. 그럼 다시 목숨을 얻고 인어로 살 수 있어."
에리얼은 바닥에 떨어진 칼을 손에 쥐었다. 그녀의 동공은 지금 타고 있는 배보다 더 흔들렸다.
곧이어 한숨을 내뱉더니 배 안에 있는 왕자의 침실로 걸어갔다. 왕자의 침실로 들어가 에리얼은 남자의 얼굴을 빤히 보았다. 자신이 살려줬는데 알아보지도 못하고 다른 여자와 냉큼 결혼을 약속한 그 남자를 바라보며 에리얼은 많은 생각에 빠졌다. 생각이 많아질수록 에리얼은 칼을 꽉 쥐었다. 그리고 그런 채로 왕자에게 다가갔다. 한 걸음 한 걸음이 발목에 족쇄를 단 것처럼 무거웠다.
에리얼이 죽기까지 단 3분.
에리얼은 왕자의 코앞으로 다가섰다. 그리고 잠시 조금의 떨림도 없이 왕자를 바라봤다. 그리고 손을 뻗어 왕자의 뺨을 잡고 왕자의 뺨에 키스했다. 그러고는 다시 올라와, 배의 난간 위에 올라섰다.
자매들은 순간 다시 나타난 에리얼을 보고 왕자를 죽였나 하고 기뻐했지만, 에리얼의 옷이 너무나 깨끗해 떠들썩하던 분위기가

서가영

순간적으로 잠식되었다.

"에리얼……. 너 설마."

에리얼은 칼을 바다에 떨어트렸다.

"에리얼. 다시 생각해 봐."

에리얼의 언니들은 다급한 말투로 에리얼을 설득하려 했다. 하지만 에리얼의 표정이 그녀의 혀 대신 모든 대답을 해줬다. 흔들림 없는 온화한 미소. 죽음을 코앞에 둔 상황인데도. 몇 초 뒤 에리얼은 언니들에게 환하게 웃으며 흔들리는 배의 난간 위에 올랐다. 에리얼은 잠시 움찔하는 듯하더니 이내 바다로 뛰어내렸다. 이내 곧 그녀의 꼬리부터 머리카락 끝까지 거품으로 바뀌었고 모든 거품이 바다에 닿지 못한 채 하늘로 떠올랐다. 그렇게 인어공주는 세상에서 사라졌다.

그리고 현재.

마녀는 집에서 공허한 눈으로 허공을 바라보고 있다. 자신이 인어를 죽였다고 생각하면서 말이다.

"내가 약을 주지 않았다면……. 난 정말……. 정말 네가 행복하길 바랐는데."

심해에 따뜻한 물방울이 떨어졌다. 하지만 너무 추운 탓에 따뜻한 물방울은 다시 차가워졌다. 마녀는 집 어느 곳에서 독한 약을 꺼냈다.

"나는 내가 사랑하는 생물을 죽였어. 나는……. 나는…….”

마녀는 약의 마개를 열었다. 그 순간 심해에서는 느낄 수 없는 따뜻한 감각이 마녀를 감쌌다. 보이지 않지만 에리얼이었다. 그리고 귀에서는 에리얼의 목소리가 들려왔다.

"자책하지 말아요. 덕분에 저는 행복했어요. 고마워요.”

마녀는 더 이상 그 말의 억양과 목소리가 기억나지 않을 때까지 곱씹었다. 마지막 울림이 지나가자 마녀는 평생 느껴보지 못한 편안함에 휩싸였다. 몽롱해진 기분에 마녀는 눈을 감고 바다에 몸을 뉘었다. 그렇게 마녀는 바다가 되어 사랑의 대가를 치렀다.

서가영

서가영

　사랑의 끝이 언제나 달콤하지 않음을, 타인이 우선인 사랑의 결말을 보여주고 싶었습니다. 사랑은 언제나 다양한 형태로 나타납니다. 갑작스레 찾아온 이형의 사랑을 받아들이기 힘든 이들에게 이 글을 보여주고 싶습니다.

　저는 남들이 보편적이라 느끼는 사랑만을 해왔지만, 주변인들의 이야기를 듣고 보편적 사랑이라는 것이 무엇인지에 대해 깊게 생각해 보았습니다. 끝이 없을 것 같던 생각의 결과는 누가 누구를 어떻게 사랑하든 그것은 사랑을 하는 방식이 다를 뿐 틀리지 않았다는 것. 이후 소셜미디어에 다양한 형태의 사랑을 찾아보니 다수가 틀렸다고 외치는 그들의 사랑도 제가 해온 사랑과 딱히 다를 것이 없다는 것을 알게 되었습니다.

  그래서 더욱 보편적인 사랑처럼 표현하고 싶었습니다. 자주 접
하지 못한 사랑이기에 아름다운 결말이라는 특혜를 주기보다는
보편적으로 치부하여 글을 썼습니다. 그들도 모두와 같이 짜고 씁
쓸한 사랑을 경험하니까요.

  마지막으로, 당신의 방식은 잘못되지 않았고,
  그것 또한 사랑이며 세상에는 다양한 형태의 사랑이 있다는 것
을 명심하기를 바랍니다.

서가영

사람들은 신데렐라 이야기가 신데렐라와 왕자가 결혼하는 해피엔딩인 줄로만 알고 있을 것이다. 하지만 신데렐라 이야기는 지금부터가 시작이다.

　신데렐라는 왕자와 결혼한 뒤 왕자의 궁전에서 지내게 되었다. 여러 종류의 꽃들이 나비와 함께 아우러진 조화로운 정원에, 온갖 화려한 장식품으로 꾸며진 궁전 안까지……, 신데렐라는 난생처음 보는 광경에 모든 게 꿈만 같이 느껴졌다. 며칠간 신데렐라는 궁전을 구경하느라 밖을 나갈 생각조차 하지 않았고, 왕자는 그런 신데렐라를 못 말린다는 눈빛으로 바라보았다. 게다가 신데렐라를 반겨주는 여왕과 국왕까지 곁에 있었다.

그런데 궁전 안과 달리 궁전 밖은 분위기가 그다지 좋지 않았다. 궁전에서 일하는 하녀들은 하나둘 모여 신데렐라를 헐뜯기 시작했다. 신데렐라가 불쌍해서 왕자가 결혼을 해줬다는 말부터 시작해서 신데렐라에 대한 안 좋은 헛소문까지 입에 올리며 자기들끼리 낄낄댔다.

이틀이 지나, 신데렐라는 궁전 밖으로 나왔다. 신데렐라는 밖으로 나오자마자 한 하녀와 마주치게 되었다. 처음 보긴 했지만 앞으로 궁전에서 자주 마주칠 사람이었기에 밝은 미소를 지으며 인사했다.

"안녕하세요, 반가워요!"

"아, 네……."

하녀의 이름은 에나였다.

해맑은 미소로 인사한 신데렐라와는 달리 하녀 에나는 신데렐라의 눈치를 보며 미심쩍은 표정으로 대답했다. 신데렐라는 하녀가 자신을 불편해하는 것 같아서 기분이 좋지는 않았다. 그러다가 신데렐라가 하녀 여럿이 모여서 이야기하는 모습을 보게 되었다. 그녀들과 인사를 해야겠다는 생각에 하녀들이 모여 있는 곳으로 걸었다.

조금씩 하녀들과 가까워질 때쯤, 신데렐라는 하녀들이 자신의

진아령

이름을 말하는 것을 듣고 발걸음을 급하게 멈춘 뒤 근처 나무 뒤에 숨어 그녀들이 하는 이야기를 들었다. 이를 알 리가 없는 하녀들은 자기들끼리 뭐가 그렇게 재미있는지 신데렐라에 대해서 떠들어 댔다. 한 하녀의 말이 끝난 뒤 아까 신데렐라와 인사했던 하녀 에나가 입을 열었다.

"내가 오늘 신데렐라 만났는데……, 날 째려보고 인사도 안 하고 가더라고. 정말 재수 없지 뭐니. 흥."

하녀들은 신데렐라를 힐뜯고 있었다.

나무 뒤에 숨어서 하녀들의 말을 엿듣던 신데렐라는 자신을 힐뜯는 것에 혈안이 된 하녀들을 보고 있는 이 상황이 너무 혼란스러웠다.

신데렐라는 다시 궁전 안으로 들어가려 하다가 그만 넘어지고 말았다. 신데렐라가 넘어지는 소리는 이야기를 나누고 있던 하녀들의 귀에도 들렸다. 신데렐라와 하녀들 사이의 어색한 기류가 흘렀다. 신데렐라는 그 상황을 피하려고 재빠르게 궁전 안으로 달려갔다. 신데렐라가 궁전 안으로 뛰어가는 모습은 하녀들에게 큰 웃음거리가 되었다. 신데렐라는 하녀들이 자신을 싫어한다는 사실때문에 무엇에도 집중하기 어려웠고, 신경이 쓰였다. 자신과 마주치면 흘겨보거나 비웃고 가는 하녀들로 인해 스트레스를 받았다.

이것이 끝이 아니었다. 하녀들은 자신들의 이야기를 왕자한테 알리지 않고 피하기만 하는 신데렐라의 행동에 자신이 생겼는지 시간이 갈수록 하녀들의 행동이 선을 넘기 시작했다. 신데렐라의 어깨를 일부러 치거나 발을 걸어 신데렐라를 넘어트리는 등의 행동은 어느 순간 당연한 것이 되어버렸다. 이런 일들이 한 달 이상 지속되자 신데렐라는 많이 위축되었고, 점점 웃음을 잃어갔다.

한편 왕자는 신데렐라의 이러한 상황을 전혀 몰랐다. 왕자는 신데렐라가 집안일에 소홀하다고 여겼으며, 자신을 대하는 태도와 말하는 말투 등 모든 것이 바뀌었다고 생각하며 그녀에 대한 서운함만 키워갔다.

하지만 서운한 마음을 쌓아가고 있던 건 왕자뿐만이 아니었다. 신데렐라 역시 하녀들에게 괴롭힘 받는 자신의 상황을 전혀 몰라주는 왕자가 자신에게 무관심해진 것 같아서 서러웠고 화가 났다. 둘 사이의 부정적인 감정들은 나날이 쌓여갔다.

결국 일이 터지고 말았다. 왕자와 신데렐라는 서로에게 상처가 되는 말만 하며 싸웠고, 이 싸움은 신데렐라가 짐을 싸서 자신의 집으로 가는 것으로 끝이 났다. 이틀이라는 시간이 흘렀다. 서로의 서운함이 쌓여 터진 갈등이라 그런지 신데렐라와 왕자 중에 누구도 자존심을 굽히지 않았다.

진아령

사흘째 되던 날, 누군가 신데렐라의 집 문을 두드렸다. 신데렐라는 왕자가 문을 두드린 것으로 생각하고 문을 열었지만 문 앞에 있는 사람은 하녀들이었다.

"너희들이 왜……."

신데렐라의 말이 끝나기도 전에 하녀들은 신데렐라를 어딘가로 끌고 가서 가두었다. 신데렐라는 어수선한 틈에, 어딘지도 모르는 좁은 곳에 갇혀서 꺼내달라고 거듭 외쳤다. 하지만 하녀들은 신데렐라의 말을 들어줄 리가 없었다. 몇 시간 동안이나 살려달라고, 꺼내달라고 외친 신데렐라는 힘이 빠져 주저앉았다. 신데렐라는 그저 그 안에서 울음만 터뜨릴 뿐이었다.

하녀들의 변명

짜증 나서 그랬다. 그냥 짜증 나서
싫어서 그랬다. 그냥 싫어서

부러워서 그랬다. 한순간에 대접과 환경이 좋아지는 건
쉬운 일이 아니니까

질투 나서 그랬다. 사랑하는 남자를 만나서 행복하게 사는 건 그렇게 신데렐라가 이름 모를 곳에 갇혀서 지낸 지 일주일이 지났다. 그녀의 상황은 더 안 좋아졌다. 그래도 다행히 마실 물이 있었다. 누가 봐도 오염된 듯한 물이었지만 그 물을 먹을 수밖에 없었다. 오염된 물이라도 있었기에 신데렐라는 일주일이라는 시간 동안 생명을 유지할 수 있었다. 하지만 물의 양은 한정적이었고, 남은 물은 하루를 간신히 버틸 수 있는 양이었다. 물처럼 신데렐라의 상태도 점점 망가져 갔다.

한편 왕자는 일주일이 넘게 보이지도 않고, 소식도 들리지 않는 신데렐라를 미워했다. 신데렐라가 원망스러우면서도 걱정이 되었다. 왕자는 더 이상 기다릴 수 없다고 판단하고 신데렐라의 집을 찾아갔다. 그런데 신데렐라의 집에는 신데렐라가 아닌, 청소하는 아주머니만 있었다.

왕자가 아주머니에게 물었다.

"혹시 신데렐라는 집에 없나요?"

"신데렐라 님은 궁전에 계시지 않나요?"

예상치 못한 아주머니의 대답에 왕자는 놀랐고 곧장 신데렐라를 찾아 나서야겠다는 생각이 들었다. 왕자는 신데렐라가 어디에 있

진아령

는지 눈곱만큼도 알 수가 없어서 신데렐라를 알만한 사람들에게 신데렐라와 함께 있는지를 물었다. 돌아오는 대답은 아니라는 말이었다.

왕자는 신데렐라가 너무 걱정되었고, 신데렐라가 사라진 것이 다 자신의 잘못인 것 같았다. 혹시나 무슨 일이 생길까 하는 불안과 두려움이 가득했다. 왕자는 머리가 깨질 것 같았다. 왕자는 자신의 일을 제쳐두고 신데렐라를 찾아다녔지만 그녀를 찾을 수 없었다.

그로부터 1년이 지났다.

신데렐라에 대해서는 아무런 소식이 없었다. 예전과 많이 달라진 왕자로 인해 궁전의 분위기는 어두워져 갔다. 궁전에는 신데렐라가 죽었다는 등의 안 좋은 소문들만 무성했다. 왕자는 그 소문에 많이 화가 났지만, 때때로 신데렐라와의 추억에 잠길 때면 화가 났던 그 소문이 혹여나 진실일지도 모른다는 나쁜 생각이 들기도 하였다.

그렇다면 진짜 신데렐라는 그 이름 모를 곳에 갇혀 죽은 것일까? 신데렐라는 죽지 않았다. 그녀가 죽었을 것이라는 소문을 만들어 낸 사람은 그 누구도 아닌 신데렐라였다.

자신의 생명을 간신히 이어갈 수 있게 해준 물의 바닥이 드러났을 때 신데렐라는 자신이 죽을 것이라고 생각하며 체념했다. 신데렐라는 시야가 흐릿해지고 앉아 있는 것조차 힘들었다. 신데렐라는 거친 숨을 쉬다가 정신을 잃고 말았다. 몇 시간이 흘렀다. 누군가 신데렐라를 업고 어디론가 사라졌다.

신데렐라가 눈을 떴다. 신데렐라는 눈을 뜨자마자 믿기 힘든 광경을 본 건지 눈을 두서너 번 빠르게 감았다 떴다. 그녀의 옆에는 하녀인 에나가 수건을 손에 쥔 채 잠들어 있었다. 에나는 신데렐라의 기척에 잠에서 깨어났다. 둘은 동시에 눈이 마주쳤고, 신데렐라가 그 눈을 먼저 피했다. 둘 사이에는 정적이 흘렀고 에나가 그 정적을 깼다.

"어⋯⋯."

에나는 잠시 고민하더니 이내 말을 이어나갔고, 신데렐라는 그런 에나를 말없이 바라보았다.

"무슨 말을 해도 제가 나쁘다는 것을 알아요. 그냥 상태가 괜찮아질 때까지만 여기 있어 주세요."

신데렐라는 말없이 고개만 끄덕였고, 에나는 그 방을 나갔다.

신데렐라는 사실 여기가 어디인지, 시간은 얼마나 지났는지, 왜 자신을 꺼내주고 보살펴 주는 건지 등등 궁금한 점이 한두 가지가 아니었다. 하지만 자신을 가두었던 에나에게 궁금한 것을 선뜻 물어보는 용기는 당연히 낼 수 없었다. 잠시 뒤에 에나는 식사를 준

141   진아령

비하였다. 몸에 좋다는 건강한 재료로만 음식을 차린듯했다. 신데렐라는 용기를 내어 에나에게 말을 걸었다.

"왜 나한테 잘해주는 거예요?"

"죄송하기도 하고 또……. 어쨌든 용서받을 생각으로 하는 건 절대 아니에요."

에나는 사실 신데렐라를 싫어해서 괴롭힌 것은 아니었다. 다른 하녀들이 유일하게 신데렐라를 싫어하지 않는 에나를 못마땅하게 여겨 자신이 피해받고 싶지 않은 마음에 신데렐라를 미워하며 괴롭힌 것이었다. 그렇지만 에나는 자신의 잘못을 잘 알고 있는 터라 이런 말을 하는 것은 그저 변명에 불과할 뿐이라고 생각하여 신데렐라에게 말하지 않았다.

믿음

사실 겁났다

나의 곁을 떠난 그녀가 돌아오지 않을까 봐

사실 의심했다

그녀가 사라진 이유가 나 때문일까 봐

사실 미웠다

소식 한번 들리지 않은 채 날 걱정시키게 만드는 그녀가 에나가 자신을 위협할 기세는 아니라고 파악한 신데렐라는 자신이 궁금한 것을 하나도 빠짐없이 에나에게 물었다. 조금 놀랄 법도 하지만 신데렐라의 상황을 제일 잘 알아서 그런지 에나는 침착하게 신데렐라가 한 질문에 대답했다.

에나의 말에 따르면 자신을 포함한 다른 하녀들이 신데렐라가 왕자와 절대 만나지 못하도록 인적이 드문 숲속의 낡은 창고 안에 가둔 것이었다. 하지만 막상 왕자와 신데렐라를 떨어지게 하니 기분이 좋다기보다는 좀 찝찝하고 왕자와 신데렐라에게 미안한 마음이 들어서 자신이 하고 있던 하녀의 일을 그만두고 그녀를 데려와 돌본 것이었다. 또 왕자는 신데렐라가 사라진 것을 안 이후로부터 웃는 날이 거의 없었고 초반에는 많이 슬퍼했지만 요즘은 좀 나아졌다고 한다.

신데렐라는 자신의 생각보다 왕자가 잘 지내는 것 같아서 마음이 놓였다. 신데렐라는 당장 왕자를 만나러 가고 싶었지만 오랫동안 창고에 갇힌 탓에 몸이 따라주지 않았다. 신데렐라는 창고에 갇혀 있는 동안 제대로 된 음식 한번 먹어보지 못한 것은 물론 물조차도 오염된 것만 먹으면서 간신히 버텼기 때문에 전에 비해 살도 많이 빠졌고 몸에 힘도 없었으며 창고 안에 먼지들을 마셔서 기침도 계속 했다. 그리고 무릎과 팔에는 창고바닥에 쏠린듯한 자국도 있었다. 그래도 애써 일어나려는 신데렐라를 에나가 붙잡으며 말렸다.

"아무리 그래도 이대로 가는 건 너무 위험해요. 충분히 회복하신 뒤에 가는 게 좋을 것 같아요."

신데렐라는 자신이 아프다는 것을 가장 잘 알았기에 어쩔 수 없이 좀 더 건강을 회복한 후에 왕자를 만나러 가자고 하는 에나의 말을 따르기로 했다. 그렇게 에나는 신데렐라의 건강이 조금이라도 더 빨리 회복되어 왕자를 만날 수 있도록 열심히 신데렐라를 간호했다. 그 모습에 마음이 점점 약해지던 신데렐라는 에나에게 저절로 마음을 열게 되면서 신데렐라를 괴롭혀야만 했던 에나의 사정까지 알게 되고 신데렐라와 에나 둘 사이에는 훈훈한 분위기가 흐르기 시작했다.

에나의 정성스러운 간호 덕분인 건지 그녀의 예상보다 신데렐라는 더 빨리 회복할 수 있게 되었다. 그렇게 몇 주가 지난 후 신데렐라는 스스로 일어나서 조금씩 들판을 뛰어다닐 수 있을 만큼 건강이 많이 회복되었고, 기침도 더 이상 하지 않았다. 그리고 신데렐라는 마침내 기다리고 기다리던 말을 에나에게서 듣게 되었다.

"이제 왕자님을 만나러 가도 문제는 없을 것 같아요."

에나의 미소 가득한 그 한마디는 신데렐라의 웃음을 자아냈고,

다음 날 신데렐라는 에나가 하녀로 일할 때 입었었던 옷을 빌려 입고 왕자가 있는 궁전으로 향했다. 신데렐라는 들뜬 마음을 뒤로 하고 왕자의 방문을 두드렸다. 왕자는 하녀인 줄 안 것인지 바로 들어오라고 하였다. 신데렐라는 왕자의 방문을 열었고, 왕자와 하녀 복장을 한 신데렐라는 눈이 마주쳤다. 신데렐라는 눈물이 흐르려 하는 것을 꾹 참고 왕자가 말하기를 기다렸다. 하지만 왕자가 신데렐라에게 한 말은 신데렐라가 충격을 받기에 충분했다.

"혹시 누구시죠, 새로 오신 분인가요?"

왕자는 오랫동안 창고에 있다가 나와서 모습이 바뀌어 버린 신데렐라를 전혀 알아보지 못했고 오히려 신데렐라를 새로 온 하녀라고 생각하는 듯했다. 신데렐라는 그 순간 심장에 뭐가 툭 하고 꽂힌듯한 느낌이었다.

"아……, 네."

신데렐라는 아니라고 답하고 싶었지만, 자신을 그토록 사랑했던 왕자가 자신을 알아보지 못하는 모습에 충격을 받은 건지 말이 헛나왔다. 왕자는 신데렐라의 대답을 듣고 신데렐라에게 자신이 입었었던 옷을 집사에게 갖다 달라고 부탁했다. 신데렐라는 말없이 인사만 하며 왕자의 방문을 닫고 집사에게 왕자의 옷을 주고는 궁전에서 나왔다.

궁전에서 나오자마자 신데렐라를 기다리며 웃고 있는 에나가 보

진아령

였다. 신데렐라는 그런 에나를 보고 미소를 지으며 에나에게로 발걸음을 향했다. 하지만 신데렐라는 결국 참고 있던 눈물을 터트릴 수밖에 없었다. 왕자와 행복한 재회를 한 후 즐겁게 돌아올 것으로 예상한 에나는 신데렐라가 눈물을 흘리는 모습에 놀랐다. 에나는 놀란 마음을 뒤로하고 슬프게 우는 신데렐라를 다독여 주었다.

에나의 집에 도착했을 때쯤, 신데렐라는 좀 진정이 되었고 에나에게 왕자가 자신을 알아보지 못했다고 말해주었다. 그 말을 들은 에나는 슬픈 마음보다는 신데렐라를 괴롭혔었던 자신에 대한 죄책감과 신데렐라에 대한 미안함이 컸다. 하지만 시간을 되돌릴 수는 없는 법이었다. 에나는 슬퍼하는 신데렐라에게 말을 건넸다.

"제가 왕자님과 공주님 두 분이서 있을 수 있는 기회를 만들어 볼게요. 그러니까 걱정하실 필요 없어요. 포기하지 말아요."

신데렐라는 에나의 한마디에 고맙다는 듯이 웃어 보였다. 며칠 후 에나는 신데렐라에게 한 말을 지킬 수 있게 되었다. 바로 왕자의 가면무도회 초대권을 구한 것이었다.

"왕자님이 이번에 다시 가면무도회를 여신다네요. 왕자님이 반할 수 있게 만들어 드릴 테니 저만 믿으세요."

신데렐라는 놀랐지만 다시 왕자를 만날 수 있단 것만으로도 너무 기뻤다. 무도회는 바로 내일 밤 10시였다. 신데렐라는 에나의 재촉으로 빨리 잠들었다.

그리고 드디어 다음 날이 되었다.

'왕자님을 다시 만나면 반드시 아는척할 거야.'

신데렐라는 다시 찾아온 기회를 놓치지 않겠다고 다짐했다. 무도회 시간이 점점 다가올 때쯤 에나는 자신이 가지고 있는 드레스 중 가장 화려하고 비싼 드레스를 꺼내어 신데렐라에게 주었고 머리도 한 송이의 장미처럼 세련되게 꾸며주었다. 그리고 무도회로 가는 마차가 에나의 집에 도착했다.

신데렐라는 에나가 빌려준 구두를 신고 마차에 탔다. 마차는 무도회장에 도착했다. 신데렐라는 에나가 어제부터 정성 들여 만든 가면을 쓰고 무도회장에 들어갔다. 무도회장 안에는 신데렐라보다도 더 화려하게 꾸민 사람들이 왕자를 기다리고 있었다. 신데렐라는 떨리는 심장을 누르며 왕자가 오기를 기다렸다. 잠시 후 가면을 쓴 왕자가 모습을 드러냈다. 기다리던 왕자가 나타나자 사람들은 모두 왕자에게로 다가갔다. 신데렐라는 왕자에게 달려드는 수십 명의 사람들을 비집고 들어갈 수는 없었다. 결국 신데렐라는 혼자 무도회장 밖으로 나와 궁전의 정원으로 쓸쓸히 걸어갔다.

벽

그는 책임감이 강하고 든든하여
언제나 버팀목이 되어 지켜주는 벽 같았다

진아령

언제나 묵묵히 내가 기댈 수 있던 단단한 벽은

내가 곁에 없을 때 초라해지고 약해져 보였다

지금 보니 그는 무덤덤한 벽이 아니었다

신데렐라는 모든 것이 허무한 것처럼 느껴졌다. 왕자와 다시 만나기를 바라며 자신에게 노력해 줬던 에나에게도 미안한 마음이 들었고, 그냥 다 속상했다. 신데렐라는 말없이 활짝 핀 꽃들만 바라볼 뿐이었다.

그때, 인기척이 느껴졌다. 소리가 나는 쪽으로 돌아본 신데렐라는 깜짝 놀랐다. 그 인기척의 주인공은 바로 왕자였기 때문이다. 왕자는 신데렐라를 보며 말을 건넸다.

"왜 당신은 춤을 추지 않고 꽃들만 구경하고 있나요?"

신데렐라는 흥분했다.

그토록 보고 싶었던 왕자와 단둘이 대화할 수 있는 기회가 찾아왔다.

꿈이 아니길

따사로운 햇살이 날 반기고 미소 짓는 꽃들이 날 반기는
한없이 어여쁜 꿈

항상 그대가 나를 사랑해 주고 언제나 그대가 나를 지켜주는
어떤 것보다 따뜻한 꿈

날 응원하는 사람이 있고 날 환호하는 사람이 있는
가장 꿈 같은 꿈

꿈이 아니길

그 말에 신데렐라는 답하였다.

"왕자님은 왜 춤을 추지 않으시고 여기로 오신 거예요?"

왕자는 그 말에 별다른 대답 없이 신데렐라에게 같이 춤을 추자는 손짓을 건넸다. 신데렐라는 웃으며 왕자의 손을 잡고 왕자와 춤을 췄다. 그렇게 왕자와 신데렐라는 서로 가면을 쓴 채 아무도 오지 않는 둘만의 곳에서 한참 동안 춤을 추었다. 신데렐라는 왕자와 함께 춤을 출 수 있는 것만으로도 꿈만 같고 좋았지만, 지금이 아

진아령

니면 왕자에게 자신이 신데렐라인 것을 밝힐 수 있는 기회가 없을 것 같아서 신데렐라는 서서히 가면을 벗었다. 가면을 벗은 모습을 보고 왕자는 조금 놀란듯했다.

"당신은 제 궁전에 새로 오신 분 아니신가요?"

"네, 맞아요."

신데렐라는 떨리는 마음을 누르며 용기 내 말했다.

"저 사실 왕자님께 말씀드리고 싶은 게 있습니다."

"그게 뭐죠?"

"혹시 저 누군지 못 알아보시겠어요?"

"네, 죄송하지만 누군지 기억이 나지 않네요."

"그럼 신데렐라라고 아세요?"

왕자가 놀란듯한 표정으로 물었다.

"당신이 신데렐라를 어떻게 아는 거죠?"

왕자의 되물음에 신데렐라는 감정이 벅차올라 눈물이 흘렀다. 그것을 본 왕자는 당황해 어쩔 줄 몰라 했다. 신데렐라는 흐르는 눈물을 자신의 손으로 닦으며 왕자에게 말했다.

"제가 신데렐라예요! 저를 잊으신 거예요?"

"맙소사……. 당신이 정말 신데렐라라는 거요?"

왕자의 물음에 신데렐라는 기다렸다는 듯이 고개를 끄덕거렸다.

하녀라고 생각했던 여자가 신데렐라라는 것을 알게 된 왕자는 울고 있는 신데렐라를 바라보며 자신도 눈물을 흘렸다. 둘은 서로를 바라보며 한참 동안 울었다.

'3, 2, 1······.'
어느새 12시가 되었다.
왕자는 신데렐라를 꼭 안았다. 그러고는 신데렐라를 향해 웃으며 말했다.
"이제는 안 도망칠 거죠?"
"네, 당연한 걸요."

그렇게 둘은 꿈에 그리던 재회를 하게 되었다.

내가 그를 사랑하는 이유

가진 것도 없는 나에게 모든 걸 가지게 해주고
사랑받지 못하던 나에게 사랑한다고 말해주고
용기가 없던 나에게 용기를 심어주고
힘들어도 티 내지 못하는 나에게 따뜻한 위로를 건네준다

내가 그를 사랑하는 이유다

진아령

재회를 한 후 왕자는 에나를 포함한 신데렐라를 괴롭혔던 하녀들을 불러 모아 그녀들을 날카로운 눈빛으로 쳐다보고는 신하들을 불러 명령했다.

"당장 저들을 감옥에 가두세요."

왕자의 신하들은 하녀들을 잡고 끌고 가기 시작했다. 단 한 사람만 빼고 말이다. 그 한 사람은 바로 에나였다. 에나는 자신을 제외하고 다른 하녀들을 끌고 가는 신하들의 행동에 어리둥절하기만 하였고 왕자는 에나에게 다가오며 물었다.

"신데렐라에게 들었어요. 신데렐라를 도와주셨다면서요? 정말 감사합니다. 이 은혜를 어떻게 갚아야 할지……."

"괜찮습니다. 저는 그냥 할 일을 했을 뿐인 걸요."

에나는 그저 자신과 다른 하녀들 때문에 위기에 빠진 신데렐라를 구해준 것이 보상까지 받을만한 일은 아니라고 생각하여 보상을 거절했지만 그런 에나에게 왕자가 다시 말을 걸었다.

"정말 원하는 것 없으신가요? 신데렐라가 나에게 부탁한 일이기도 하고 꼭 보답해 드리고 싶어요."

에나는 잠깐 고민하는 듯싶더니 왕자의 말에 대답했다.

"아, 그럼 저는 신데렐라님이 행복했으면 좋겠어요. 그것도 아주많이요. 그게 제 소원이에요."

하녀의 대답을 들은 왕자는 알겠다고 했다.

꿈에 그리던 재회를 하게 된 두 사람은 서로에게 장난을 치고 웃으며 마치 둘만의 세상에 있는 것 같아 보였다. 우리에게는 뻔한 엔딩일지 몰라도 그 둘에게는 아니었던 것이다.

진아링

여러분은 새로운 것을 경험하는 것에 대해 어떻게 생각하시나요?

저는 사실 새로운 것을 경험하는 것을 매우 싫어합니다. 제가 해보지 못한 무언가를 새롭게 하는 것은 항상 잘하고 있는 제 자신을 여러 번 의심하게 만들기 때문이에요.

그래서 새로운 일을 시작하는 것은 너무 어렵고 힘든 일이라고 생각해요. 하지만 그런 저에게 새로운 것을 경험해야 하는 시기가 오고야 말았어요.

제가 해야 할 새로운 일은 바로 소설을 쓰는 것입니다. 평소 저는 글쓰기를 좋아하기는 했지만, 한 번도 제대로 소설을 써본 적은 없었어요. 그래서 많이 두려웠고 시작부터 걱정이 많았습니다.

그런데 막상 소설을 써보니 제 마음대로 이야기를 구성하고 표현하는 것이 재미있었어요. 물론 글을 쓰는 내내 걱정이 잇따랐었지만 끝내 글을 완성한 제가 너무 대견했고 자랑스러웠습니다.

제가 좋아하는 분야에서 새로운 것을 경험하다 보니 해보고 싶다는 열정이 포기해야겠다는 마음보다 조금 더 앞섰던 것 같습니다.

그래서 이 책은 시간이 흘러도 저에게 가장 의미 있고 소중한 작품이 될 것 같습니다. 또 이 책은 소설을 처음 써본 저의 미숙한 점들이 많이 보일 수도 있습니다. 하지만 뻔하게 느껴졌던 동화를 다시 한번 새로운 느낌으로 받아들이게 하는 저의 의도는 잘 표현되었다고 생각해요. 저는 동화가 꼭 어린아이들에게만 생각을 심어준다고 생각하지 않습니다.

그래서 소설뿐만 아니라 시로도 동화를 새롭게 표현해 보았습니다. 소설과 함께 쓰인 시들을 감상해 보시면 동화가 꼭 일차원적이고 단순하지는 않다는 것을 알 수 있을 것입니다.

끝으로 제가 쓴 이 책이 어린아이들이 아닌 여러분 모두의 동화가 되기를 바랍니다.

진아령

잠자는 숲속의 오로라 공주

남혜진

　우리가 아는 잠자는 숲속의 공주 이야기와 실제 이야기는 같지 않다는 것을 알고 있는 사람들은 얼마나 될까. 알려진 이야기와 실제 이야기의 차이를 제대로 아는 사람은 아마 잠자는 숲속의 공주, 그리고 우연히 잠든 성을 발견하고 공주와 성의 마법을 풀어주었다는 백마 탄 왕자 그 둘 뿐일 것이다.

　잠자는 숲속의 공주에서 공주의 잠을 깨워준 왕자는 바로 어느 왕국의 막내 왕자 필립이다. 필립 왕자는 이다음에 왕이 되어 나라를 슬기롭게 다스리리라는 꿈이 있었다. 하지만 그 위로 네 명의 형들과 두 명의 누나가 있었으며 다음 왕이 될 후계자는 얼추 정해진 상황이었고 아직 정해지지 않았다고 하더라도 왕자가 왕이 될 가능성은 거의 없었다. 그래서 그의 네 명의 형들은 절대 이룰수 없는 꿈이라며 비웃기 일쑤였고, 툭하면 왕자의 심기를 건드렸다. 그럼에도 왕자는 꿈을 버리지 않고 반짝이는 꿈과 함께 살아갔다. 왕자는 부모님인 왕과 왕비를 사랑하고 의지하는 아들이었다. 그래서 부모님에게 자신의 바람에 대한 고민을 이야기하며 꼭 왕이 되어 자랑스러운 아들이 되겠다고 당차게 말하였다.

그러나 부모님은 바쁜 나랏일 탓인지 왕자의 편이 되어주지는 못하였다. 왕자가 이야기를 시작하려고 하면 바쁘다고 어디론가 사라져 버려 왕자를 실망하게 한 일이 한두 번이 아니었다. 냉정하고 차가운 현실에 왕자의 순수했던 꿈은 점점 분노로 변하기 시작하였다. 자신의 꿈을 무시했던 형들, 그리고 굳게 믿었지만, 자신의 말을 귓등으로 들어준 부모님에게 복수하고 싶었다. 하지만 그 복수를 실현할 방법을 쉽게 찾을 수 없었고 왕자는 점점 더 고민에 빠져만 갔다.

그러던 어느 날 왕국에 재미있는 소문이 돌기 시작한 것이다. 우리 마을의 동서쪽으로 가다 보면 어떤 숲이 나오는데, 그 숲의 어딘가에 공주와 그의 신하들 그러니까 성 전체가 잠들어 꼼짝 못하고 있다는 소문이었다.
사람들은 누가 이렇게 엉성하고 이상한 소문을 만든 거냐며 웃

남혜진

어넘겼지만 왕자는 달랐다. 왕자는 그곳에 가서 잠들었다는 성을 깨우고 자신이 그 성을 구한 영웅이 되겠다는 생각으로 하루빨리 잠든 성을 찾아 떠날 계획을 세웠다. 그 성에서 왕의 자리를 차지하고 나서 자신에게 차갑게 대했던 가족들에게 보란 듯이 스스로 해내었다는 것을 증명하고 싶었다.

왕자는 식량들을 챙긴 후 잠든 성까지 가는 약도를 최종적으로 점검하고는 미운 정, 고운 정 모두 들었던 성과 작별 인사를 하고 성을 떠났다.

*

내가 지금까지 살던 왕국을 떠나기로 결심한 날은 유난히 날씨가 맑고 화창했다. 바람이 불면 흔들리는 마당의 나무들이 나에게 넌 해낼 수 있을 거라고, 잘 다녀오라며 인사하는 듯했다. 사실 가족들이 나를 일부러 낙담하게 하려는 생각은 아니었을 것이다. 만약 그렇지 않더라도 그렇게 믿고 싶었다. 나에게 질풍노도의 시기가 갑자기 찾아온 걸까. 언제부터 가족들이 미워졌는지는 정확히 모르겠다. 말을 타고 숲으로 향하며 그동안 가족들과 함께했던 일들을 떠올렸다.

보통 막내라고 하면 형, 누나들의 사랑을 독차지하고 너무나도 사랑을 많이 받아 다른 이들에게 질투심을 사는 그런 사람들을 떠올리기 마련이다. 하지만 우리 가족들은 내가 막내라고 해서 나를 크게 다르게 대하지는 않았다. 내가 마냥 막내로서 귀여움을 받고 싶은 유치한 마음이라고 생각한다면 부정할 수는 없겠지만 내가 막내가 아니더라도 이런 감정을 느꼈을 것이다. 누구나 사랑받고 싶은 마음은 가지고 있으니 말이다.

지도에 따르면 잠든 성에 가기 위해선 왕국을 벗어나 숲을 지나고 강을 한 번 건너야 한다. 지도가 확실한 것은 아니기 때문에 중간에 어떤 변수가 생길지 모른다. 하지만 나는 그마저도 재미있는 모험이라고 느껴졌다.

숲에 다다랐을 때 그 규모에 꽤나 놀랐다. 파릇파릇한 풀들이 여기저기 자라 있고 늠름한 나무들이 솟아 있는 건 물론이고 이 숲에는 유난히 색색의 예쁜 꽃들이 많이 피어 있었다. 숨을 들이마시면 기분 좋은 향기가 내 몸을 감쌌다. 나는 지도에 보이는 대로, 혹은 마음이 끌리는 대로 갔다. 길을 잃을 것을 대비해 노란 끈을 지나온 나뭇가지에 묶었다. 이렇게 자신이 온 길을 따라 표시해 놓는 것은 모험을 떠나는 자들이 많이 하는 행동이었다. 나는 그런 사소한 점들까지도 왕이 될 수 있다는 설렘만큼 두근거렸다.

남혜진

나는 왕국에서 형, 누나들보다는 제재를 덜 받았다. 예를 들면 다른 형제들은 축구나 테니스 같은 운동이나 여러 악기와 다른 언어들을 배워야 했고 그런 교육들을 받다 보면 바쁘고 피곤해 밤이 되면 바로 잠들어 버렸다.

그런데 나는 비교적 한가해서 가고 싶은 곳을 비교적 자유롭게 갔고, 하고 싶은 일도 마음껏 할 수 있었고, 먹고 싶은 것도 마음껏 먹을 수 있었다. 하지만 커갈수록 다른 형제들과 똑같이 자라고 싶은 마음이 더 커졌다. 나를 믿어서 자유롭게 내버려두는 거라는 생각보다도 딱히 신경을 쓰지 않고 방치당하는 느낌이 컸다. 그 사실을 아버지께 말씀드렸을 때 아버지는 나를 그때부터 다른 형제들과 똑같이 교육하셨다.

오랜만에 왕실의 체계에서 벗어나 자유의 몸이 되었고 거기다 모험 아닌 모험까지 떠나니 홀가분한 기분에 자꾸만 나도 모르게 신이 났다. 그렇게 얼마나 지나온 걸까 벌써 해는 저물어 갔다. 나는 가장 큰 나무 밑에서 미리 챙겨온 식량을 먹고, 말에게도 당근을 건네준 후 잠시 눈을 붙였다.

잠에서 깨어나 보니 해가 중천에 떠 있었다. 매일 자명종 소리에 찌뿌둥한 기분으로 아침을 맞았었는데 이렇게 햇살에 저절로 눈을 뜨니 상쾌하게 아침을 맞이할 수 있었다. 그러나 나는 이런 여유를 즐기러 성을 떠나온 것이 아니다. 재빨리 다시 잠든 성으로 출발할 준비를 하고 말에 올라탔다.

 둘째 날에는 걱정이 더 많이 되었다. 어제는 잠든 성의 왕이 된 나를 상상하기도 하고, 왕실에서 벗어나 자유를 찾은 것 같은 개운함에 기분이 좋았다면 오늘은 잠든 성이라는 것이 정말 존재하기는 한 건지, 이 숲을 지나다 누군가에게 습격당해 아무도 모르게 사라져 버리는 것은 아닐지, 아니면 왕실에서 사람을 보내 나를 찾아내서 무작정 성으로 끌려가는 것은 아닐지 이런 부정적인 생각들이 자꾸 머릿속을 스쳐 갔다.

 성으로 끌려가는 결말은 상상하기도 싫다. 형제들은 나를 비웃고 무시할 것이 뻔하고 나에 대한 믿음이 사라진 부모님은 나를 더 이상 아들로 두지 않을 테니 나가서 혼자 살라는 선언을 하실지도 모른다.

 나쁜 생각은 그만하는 게 좋겠다고 마음을 먹고 나니 갑자기 원래도 밝았던 햇빛이 눈이 부실 정도로 밝아졌다. 얼굴을 찌푸리며 저 앞을 내다보니 드넓은 강이 펼쳐져 있었고 강의 가운데에 내가 건너야 할 다리가 강을 두 갈래로 가르고 있었다. 첫 번째 숲을 무사히 지났다는 마음에 입가엔 은은하게 미소가 번졌다. 강 너머에는 지금까지 걸어왔던 숲과는 사뭇 다른 어두운 분

남혜진

위기의 숲이 있었다.

이제는 이곳 어딘가에 잠들어 있을 성을 찾아내야 했다. 이 넓은 숲에서 잠들어 버린 성을 어떻게 찾을지 막막하던 그때, 한눈판 사이에 커다란 가시가 내 눈앞에 갑자기 나타나 하마터면 눈을 찌를 뻔했다. 이 가시가 어디서 튀어나온 건지 주위를 살펴보니 저 멀리서 가시들이 와글거리고 있었다. 나는 그 심상치 않은 가시덩굴을 향해 말을 몰았다. 가까이서 보니 가시덩굴은 거대했고 마치 이 땅의 머리카락처럼 그 수가 엄청 많고 여기저기 엉켜 있었다.

내가 가시덩굴을 칼로 쓱 베었을 때 나는 순간 이 가시덩굴에 수상함을 느꼈다. 가시덩굴이 칼에 베이지 않고 계속 빗겨나가는 것이다. 처음 겪는 이상한 경험에 나는 왠지 이 가시덩굴을 헤집고 통과하면 그 뒤에 나의 최종 목적지인 잠든 성이 있을 것 같았다. 소문으로는 마법에 걸린 이 성의 공주가 물레바늘에 찔리는 바람에 성 전체가 잠들게 되었다고 했다.

가만히 가시덩굴을 바라보고 있는 나에게 지나가던 한 노인이 말을 걸어왔다.

"그 가시덩굴에 대해 좀 아시오?"

노인은 자기가 뭐라도 알고 있다는 듯한 표정이었다.

나는 처음 보는 노인이 말을 걸자 좀 당황스러웠지만 나에게 도움이 될 수도 있겠다는 생각에 최대한 친절하게 대답했다.

"이 근처에 잠들어 있는 성이 있다고 들었습니다. 그 성을 찾다가 이 가시덩굴을 발견하였습니다. 왠지 수상해 이 안에 뭔가 있을 것 같아서 들여다보고 있었는데……. 이 가시덩굴과 잠들어 있는 성에 대해 아시는 것이 있으시다면 알려주실 수 있으십니까?"

노인은 내 말을 듣고 나 같은 사람이 한두 명이 아니었다며 말했다.

"이 가시덩굴은 사실 장미 덩굴이었다네. 하지만 잠든 성에 대한 소문을 듣고 찾아온 이들이 하도 장미 덩굴을 베어서 장미는 다 떨어져 버리고 가시덩굴만이 남아 있지."

"장미가 모두 떨어져 버릴 정도로 많은 사람들이 이 덩굴을 뚫고 지나가길 시도했는데도 한 번도 성공한 사람이 없다는 말씀입니까?"

"그렇지. 나는 이 근처 오두막에서 60년을 넘게 살아왔네. 그런데 이 가시덩굴은 내가 태어나기 전부터 장미가 거의 다 떨어져 있었으니 엄청 많은 사람들이 오갔을 거라네."

"이 근처에서 오래 사셨다면 가시덩굴과 잠든 성에 대해 잘 아시겠군요. 저에게 가시덩굴에 대해 좀 더 말씀해 주실 수 있나요?"

나는 이 노인이 내가 가시덩굴을 통과하고 성의 왕이 될 기회를 줄 사람이라고 생각했다. 노인은 흔쾌히 이야기해 주겠다며 자신을 따라오라고 했다. 노인은 그의 집으로 보이는 오두막에서 차를 대접했다. 그러고는 다시 본격적으로 말을 이어갔다.

남혜진

"자네도 소문을 들었으니 알겠지만 잠든 성의 공주님께서 물레 바늘에 찔리면 성 전체가 잠들어 버리는 마법에 걸려 있었다네. 사실 이 성은 잠든 지 100년이 넘어서 나도 어머니께 전해 들은 이야기라 자세히는 모르지만 공주님이 그 마법에 걸린 후 왕국의 왕께서는 이 나라의 물레를 전부 불태워 버렸다고 하더군."

성이 잠들어 있던 시간은 내가 생각했던 것보다 훨씬 더 오래였다.

"물레를 전부 불에 태워 없애버렸는데, 어떻게 성이 잠들게 된 거죠?"

노인은 안타깝다는 표정을 지었다.

"그건 아무도 모른다네. 공교롭게도 공주님께서 물레에 찔려버리신 거지. 그 순간 성 전체가 잠들어 버렸다고 하더군. 그 안에 일하던 사람들까지 모두 말일세. 왕과 왕비는 그때 운 좋게 외출 중이었지만, 성이 잠들어 버린 것을 알고 함께 외출했던 신하들을 데리고 왕국을 떠나버렸다네. 왕국을 버린 거지. 이 성에는 남겨진 일꾼, 신하들과 공주님만 쓸쓸하게 잠들어 있다네."

노인이 들려준 잠든 성의 이야기는 내가 전해 들은 소문과 거의 맞아떨어졌다. 왕국의 왕과 왕비는 무책임하게 성을 버리고 도망갔다는 것까지 말이다.

"왕과 왕비는 너무 무책임하군요. 그런 사람들이 한 왕국의 왕과 왕비였다니 정말 믿을 수 없습니다."

하지만 노인은 왕과 왕비도 그럴만한 이유가 있을 것이었다며 그 일이 있기 전까지만 해도 나라를 잘 다스리는 존경받는 왕이었다고 했다.

"제가 이 성을 잠에서 깨워주고 싶어요."

처음에는 무작정 성을 찾아 나섰던 것이 사실이다. 나에게 무심한 부모님과 나를 무시하는 형제들에 욱해서 결정한 위험한 선택이기도 했다. 하지만 막상 노인에게 성의 이야기를 들으니 내가 왕이 되고 싶다는 꿈을 꾸기 시작했을 때가 떠올랐고 진심으로 이 성을 구하고 싶다는 생각이 들었다.

"바로 이 가시덩굴 너머에 자네가 원하는 그 성이 있다네."

노인이 말했다. 나는 아무도 넘지 못한 가시덩굴을 뚫고 나아갈 수 있을지 걱정이 되었다.

"제가 몇십 년 동안 아무도 들어가지 못한 가시덩굴 너머에 갈 수 있을까요?"

"이 가시덩굴은 몇십 년 동안 여러 사람에게 칼로 공격을 받으면서도 그것을 모두 막아왔다네. 이제 가시덩굴은 많이 지쳐 있을 거야. 자네는 다른 이들과 다르게 가시덩굴에게 무작정 칼을 들이밀지 말고 천천히 다가가 보게. 그럼 가시덩굴도 자네에게 마음의 문을 열어줄지도 몰라."

나는 노인과 긴 이야기를 나누고 다시 가시덩굴이 있던 곳 앞에 섰다. 나는 노인의 말대로 칼은 잠시 넣어두고 가시덩굴로 다가갔다. 그리고 눈을 감고 조심스럽게 가시덩굴에 손을 대었다. 그 순

남혜진

간 가시덩굴은 나에게 문을 열어주는 듯 양옆으로 물러났다. 나는 가시덩굴이 터준 그 길로 계속해서 앞으로 나아갔다. 그 시간 동안 에는 내가 타고 있는 말의 말발굽 소리만이 들릴 뿐이었지만 분명 가시덩굴은 나에게 이제 잠든 성을 깨울 때가 되었다고 말하고 있 는 것 같았다.

가시덩굴을 통과하고 나니 예상대로 눈앞에 크고 멋진 성이 나 타났다. 내 앞에 펼쳐진 광경에 놀란 나는 천천히 성안으로 다가갔 다. 성에서는 아무 소리도 들리지 않고 매우 고요해서 지나가는 바 람 소리와 내 심장이 뛰는 소리까지도 크게 느껴질 정도였다. 성의 정원 한가운데에 있는 큰 분수는 모든 것이 멈춰 있는 이 성에서 외롭게 흐르고 있었다. 몇십 년 동안 혼자 흐르고 있었을 이 분수 를 생각하니 왠지 기분이 씁쓸해졌다.

다른 생각은 잠시 넣어두고 나는 성의 입구로 다가갔다. 성의 문 에는 먼지가 쌓여 있었다. 오랫동안 열지 않은 문이라 그런지 문을 열자 쇳소리가 엄청나게 났다.

나는 성 전체를 한 바퀴 돌아보기로 하였다. 성에 있는 사람들은 모두 어정쩡한 상태로 잠들어 있었다. 어떤 사람들은 주방에, 어떤 사람들은 닭장에 내가 생각했던 것보다 더 많은 사람들이 잠들어 있었다. 나는 더 위로 향하는 계단으로 올라갔다. 성의 가장 꼭대기 층에 마지막 방이 있었다.

그 방으로 들어가니 탁자에 기대어 잠들어 있는 공주가 보였다. 공주의 옆에는 장미 한 송이가 놓여 있었다. 나는 한 번도 잠들어 있을 공주에 대해서는 생각해 보지 않았다. 내가 관심을 가졌던 것은 오직 잠든 성일 뿐, 공주에 대해 생각해 볼 겨를이 없었다. 그래서 내가 공주를 보자마자 첫눈에 반하게 될 줄도 예상하지 못했다.

공주는 너무나도 아름다웠다. 나는 공주에게 다가가 어떻게 공주를 깨워야 할지 고민에 빠졌다.

"이제 깨어나실 때가 되었습니다."

오랜 고민 끝에 공주를 바라보며 한마디를 했다.

공주의 손을 잡고 눈을 감은 후 손등에 입을 맞추었을 때, 여기저기에서 반짝이는 빛줄기가 뻗어 나가더니 차가웠던 옥탑방은 마법처럼 따뜻한 불빛으로 가득 찼다. 창문으로 노란 나비가 날아들어 나와 공주 사이를 맴돌다 공주의 어깨에 사뿐히 앉았다. 그 순간 공주가 눈을 떴다. 공주의 눈동자는 바다에 비친 햇살처럼 신비롭고 아름다웠다. 공주가 깨어나자 곧바로 이 성의 적막이 깨졌다. 밖에서는 함께 잠들어 있던 동물들의 소리와 사람들의 웅성대는 소리가 들렸다. 나지막이 들리는 소음들이 한 영화의 배경음악처럼 흘렀다.

"당신이 저를 깨워주셨군요?"

나는 고개를 끄덕였다.

남혜진

"맞습니다."

"제가 여기에 얼마나 잠들어 있었는지는 모르겠지만 꽤 오래 잠들어 있었다는 건 알 것 같아요."

나는 무슨 말을 해야 할지 떠오르지 않았고 그저 공주를 바라볼 뿐이었다.

"저는 이웃나라의 왕자 필립이라고 합니다. 공주님께서는……."

공주의 이름을 물어보려던 그때, 내 말이 끝나기도 전에 공주가 입을 열었다.

"저희 부모님께서는 어떻게 되신지 아시나요?"

나는 하려던 말을 멈추고 공주의 말에 대답했다.

"그게, 당신뿐만 아니라 이 성 전체가 몇십 년이 넘게 잠들어 있었습니다."

공주는 놀란 눈치였고 나는 말을 이어갔다.

"당신의 부모님은 이 성이 잠든 순간에 외출해 계셨고 성이 잠든 걸 알게 된 후 왕국을 버리고 먼 곳으로 떠나 행방을 알 수 없습니다."

공주는 내 말을 믿을 수 없다는 듯한 표정으로 말했다.

"그럴 리가 없어요……. 당신이 거짓말하는 거라면요! 설마 당신이 부모님을 죽이고 이 성을 정복하려 하는 건 아니겠죠?"

이런 답은 예상하지 못했다. 나를 금방이라도 주먹으로 한 대 칠 것 같은 포즈의 공주가 꽤 귀엽게도 보였다. 그때 밖에서 누군가

문을 열었다.

"공주님!"

공주의 신하로 보이는 사람이 공주를 찾아온 것이었다.

"공주님 괜찮으신 건가요?"

신하는 그 말을 하고 난 후 나를 경계하는 눈빛으로 쳐다보았다. 나를 이상하게 보는 그 신하 때문에 기분이 나빠질 때쯤 공주가 말했다.

"이분 말로는 우리가 몇십 년 동안 잠들어 있었고 왕과 왕비께 서는 우리를 버리고 달아났다고 하는군요. 이게 사실이라면 정말 큰일인데……."

그때 신하가 다시 씁쓸한 표정을 지으며 말했다.

"공주님 저분의 이야기가 모두 사실인 것 같습니다. 저도 잠에서 깨어 밖으로 나가보니 사람들이 성 앞으로 몰려왔더군요. 제가 사람들에게 다가갔더니 사람들은 이 성이 몇십 년 잠들어 있었다는 둥 누가 잠든 성을 마법에서 풀려나게 해준 것이냐는 둥 이상한 말들을 하기 시작했습니다."

공주와 신하는 심각한 표정이었고 비어버린 왕의 자리에 대한 고민도 있어 보였다. 그것은 나에게는 잘된 일이었다. 이제 공주와 결혼할 수만 있다면 내 계획에 반 이상은 성공하게 되는 것이었다. 뜻하지 않게 공주를 보고 반해버려 계획이 좀 틀어질 수도 있겠지 만 말이다.

남혜진

그때 신하가 말했다.

"사실 공주님은 아주 어릴 때 생일 파티에서 한 마녀의 마법에 걸리셨습니다. 그 사실을 공주님께는 말씀드리지 못해 아마 모르시겠지만……."

공주는 놀라며 말했다.

"제가 마법에 걸려 있었다니요?"

신하는 공주가 물레바늘에 찔리면 누군가 깊은 잠에서 깨워주기 전까지 영원히 잠들게 되는 마법에 걸렸었다고 털어놓았다. 이 사실은 공주에게는 비밀이었고 성에 있던 사람들도 차마 성 전체가 멈추어 버릴 줄은 몰랐었다고 했다. 나는 빨리 이 어수선한 상황을 멈추어야겠다는 생각이 들었다.

"일단 놀란 사람들을 진정시켜야 하니 밖으로 나가 공주님께서 상황을 설명하시는 게 좋겠어요."

공주는 알았다는 듯 고개를 끄덕였다. 그러더니 신하가 앞장서 공주를 안내했다.

"공주님 왕과 왕비의 자리가 비게 되었으니, 공주님께서 그 역할을 하셔야 할 겁니다."

신하는 그 말을 하고는 밖으로 나가면서 땅이 꺼지도록 한숨을 쉬었다. 공주는 홀로 혼란스러운 상황을 정리하고는 다시 자신의 방으로 돌아갔다. 나는 공주가 들어간 방문을 한참 동안 바라보고 있었다. 한 신하가 공주의 방에 무엇을 들고 들어가려 할 때 바로 지금이 기회라고 생각했다. 나는 그 신하에게 다가가 말했다.

"그것이 무엇입니까?"

신하는 나를 조금 경계하며 대답했다.

"복숭아 타르트입니다. 공주님이 좋아하는 간식이죠."

나는 그 신하에게 내가 간식을 가져다주게 해달라고 부탁했다.

"그건 제가 전해드릴 테니 저에게 주시지요."

다행히 신하는 나에게 그러라 했고 나는 간식 바구니를 들고 공주의 방에 들어갔다.

"공주님 간식을 드리려고 왔습니다."

어딘가 축 처져 보이는 공주의 눈에는 눈물이 살짝 고여 있었고 공주는 생각에 빠져 있는 것 같았다. 왜인지 물어보지는 않았지만 나는 그 이유를 알고 있었다.

공주는 억지로 웃음을 지어 보이며 이야기했다.

"간식은 괜찮아요. 그런데 당신은 아까 저와 이 성을 깨워주었다고 한 분이 아닌가요?"

"네 맞습니다."

나는 곰곰이 생각했다. 공주는 자기도 모르게 잠에 들었다 깨어나 보니 갑자기 부모님은 사라지고 많은 사람들을 혼자 이끌어야 하는 상황에 처해버렸다. 공주는 복잡한 도시 한가운데에 부모를 잃고 혼자 남겨진 어린아이처럼 그 상황을 피해 도망치지도 그대로 있지도 못했다. 툭 건드리면 금방이라도 눈에서 눈물이 흐를 것

남혜진

같았다. 그때 그 아이에게 손 내밀어 주는 사람이 나였으면 좋겠다는 생각이 들었다.

"내가 잠깐 앉아서 이야기해도 될까요? 얼마 안 걸릴 겁니다."

공주는 생각이 많은지 아무 말도 하지 않았다. 가만히 땅을 바라볼 뿐이었다. 나는 공주의 방에 있던 의자에 앉아 이야기를 시작했다.

"사실 우리 가족들은 저에게 항상 무관심했어요. 부모님은 항상 바쁘셨고 형제들은 툭하면 저를 무시하고 괴롭혔거든요. 무관심과 괴롭힘 중에 무엇이 더 낫냐는 말을 들었을 때 왠지 나는 둘 다 당하고 있는 게 아닌가 하는 생각도 들었어요. 뭐 엄청나게 심한 건 아니었지만 가족에게 사랑받고 싶은 마음은 누구에게나 있는 거 아니겠어요."

"저에게 왜 그런 말을 하시는 거죠?"

공주는 의아한 표정이었다.

"그냥 저에게는 이런 상처가 있다는 것입니다. 제 이야기를 해서 공주님께 조금이라도 위로를 드리고 싶었어요. 서로 아픔을 나누면 상처의 깊이가 얕아지고는 하더라고요."

공주가 웃으며 말했다.

"위로 감사해요."

나의 이야기가 공주에게 도움이 된듯했다. 공주는 조금이나마 마음이 풀린 눈치였다.

"사실 저였다면 잠에서 깨어나서 앞으로 헤쳐나가야 할 현실과 마주하기 싫어서 방에서 나오지도 못했을 것 같아요. 하지만 공주님은 그 이상을 해내셨잖아요."

"그게 뭐 대단한 거라고요."

나는 마지막을 내가 공주에게 하고 싶었던 말로 맺었다.

"시작이 반이라고들 하잖아요. 내 인생의 가장 위기라고 생각되는 순간에 항상 더 큰 행운이 찾아오더라고요."

"감사해요. 당신이 저에게 많은 위로와 도움을 주셨으니 저도 무언가를 베풀고 싶네요."

내가 공주의 말에 대답하지 못하고 망설이자 공주가 다시 입을 열었다.

"이 성에 잠시 머무르다 가시는 건 어떠세요? 빈방은 많으니 걱정하지 않으셔도 좋아요."

"전 당연히 좋습니다. 마침 머물 곳이 필요하던 참이었어요."

내 말이 끝나자 공주는 직접 방을 안내해 주었다.

"이곳입니다. 필요한 것이 있으시면 언제나 말해주세요."

공주가 돌아가고 나서 나는 방을 다시 둘러보기 시작했다. 내가 지낼 방은 생각보다 크고 근사했다. 그리고 다시 내가 살던 궁전에 돌아간 기분이 들기도 했다. 오늘 밤은 여느 때보다 편히 잠들 수 있을 것만 같았다. 하루 동안 아주 많은 일이 있었고 그 일들을 모두 잊지 않기 위해 일기장에 끄적거리다 잠을 청했다.

남혜진

다음 날 아침에는 새 소리에 잠에서 깼다. 비몽사몽인 정신을 가까스로 차렸을 때, 문밖에서 노크 소리가 들려왔다.

"이 방에 계시는 분께 편지를 배달하러 왔습니다."

문을 열어보니 벌써 그 말을 전한 이는 가버리고 없었다. 문에 걸려 있는 작은 주머니에는 하얀 편지 봉투가 꽂혀 있었다. 거기에는 '필립 왕자님에게'라고 쓰여 있었다. 나는 편지를 찬찬히 읽어보았다.

안녕하세요. 왕자님.

방이 마음에 드셨는지 모르겠네요.

오늘 저녁 9시까지 성의 뒷마당으로 와주세요.

성에 익숙지 않으실 것 같아 편지 뒤에 약도를 그려놓았습니다.

그럼, 저는 그곳에서 기다릴게요.

-오로라-

오로라라는 그 이름은 처음 들어보지만 누군지 알 것 같아 웃음이 나왔다. 이 궁전에서 내 이름을 아는 사람은 이 성의 공주 한 사람뿐이었다. 오로라가 공주님이라는 사실은 직감적으로 알 수 있었다. 하지만 그게 문제가 아니었다. 내 심장은 뛰고 입가엔 미소가 번졌다. 내가 가장 좋아하는 초콜릿을 먹었을 때처럼. 맛이 아니라 마음이 달콤했다. 그때 다시 한번 깨달았다. 내가 정말 사랑에 빠져버렸다는 것을……. 나는 왕이 되기 위해서가 아니라 공주와 함께하고 싶다는 생각으로 예전의 복수심은 묻어두고 오직 공주에게만 신경 써야겠다고 생각했다. 어제 본 사람에게 어떻게 사랑에 빠질 수 있냐 묻겠지만 공주의 아름다움과 내가 지금 처한 말이 안 되는 상황은 공주에게 사랑에 빠지기에 충분했다. 오늘 저녁 9시가 무척이나 기대됐다.

9시가 되고, 약도를 따라 뒷마당으로 향하니 그곳에는 공주가 기다리고 있었다.

"당신이 오로라일 줄 알았습니다. 이 궁전에 제 이름을 아는 사람은 공주님뿐이거든요."

공주는 웃으며 말했다.

"아, 그건 생각 못 했네요. 그래도 나와주셔서 감사해요."

공주의 미소는 마치 민들레 같았다.

우리는 이제야 모두 서로의 이름을 알 수 있었다. 공주의 눈빛은 따뜻했고 저녁이라 날씨가 쌀쌀했지만 춥지 않았다.

"춥지 않으세요?"

공주는 손사래를 치며 말했다.

"아니요! 이상하게 하나도 춥지 않은걸요."

남혜진

잠깐의 적막이 흐르다 공주가 말을 꺼냈다.

"당신에게 하고 싶은 말이 있어서 불렀어요."

나는 그 이야기를 듣고 싶다는 의미로 고개를 끄덕였다.

"왕자님은 죽은 거나 다름없는 저희 왕국을 다시 숨 쉴 수 있도록 해주셨어요. 그런 당신께 보답의 선물을 드리고 싶어요. 왕자님의 소원을 들어드릴게요. 최선을 다할 테니 원하는 것이 있으시다면 뭐든지 좋아요."

나는 내 부탁으로 공주를 곤란하게 만들고 싶지 않았다. 그러나 순간 이번이 기회일 수 있는데, 이 기회는 놓칠 순 없다는 생각이 뇌리를 스쳤다.

소원으로 공주와의 결혼을 이야기하는 것이다. 누가 봐도 너무 이르고 우리는 이제야 서로의 이름을 알았을 정도로 아직 서로를 잘 알지 못하지만 생판 모르는 사람과 결혼식 날 처음 얼굴을 보는 사람들도 있지 않은가? 내가 바로 식을 올리기를 원하는 것도 아니다. 공주가 원하지 않는다면 좀 더 시간을 가진 후에 다시 청혼할 것이다. 온갖 변명들을 머리에 수놓았다.

"당신과 결혼하고 싶습니다!"

예상대로 공주는 상당히 놀란 눈치였다. 나는 당황하지 않고 덧붙였다.

"당신이 싫다면 저도 싫습니다. 당연히 지금 바로 결혼식을 올리자는 것도 아니에요."

공주는 놀라서 아무 말도 하지 않았다.

"사실 당신을 처음 보았을 때 한눈에 반해버렸어요. 당신을 만나기 전까진 첫눈에 사랑에 빠졌다는 사람들을 이해할 수 없었어요. 그런데 그런 제가 당신을 보고 그렇게 되어버렸지 뭐예요. 당황스럽겠지만 저를 한번 믿어보시지 않겠습니까?"

공주는 당황한 표정이었다가 금방 미소를 보였다. 나는 그 미소를 보고서야 한시름 놓았다. 공주의 미소가 부정보다는 긍정의 의미로 보였기 때문이다.

"저도 왕자님을 믿어요. 저희 왕국을 구해주신 것만으로도 당신은 저와 결혼하실 명분이 충분합니다. 저와 결혼해서 이 왕국을 다스릴 왕의 자리에 앉아주실래요?"

공주의 말에 흠칫했다. 하지만 공주의 말은 거짓말 같지 않았다. 내가 공주의 제안을 거절할 이유는 전혀 없었다. 막상 너무 쉽게 왕이 될 기회를 얻으니 떨떠름하고 이상했다. 아직 실감이 나지 않았다.

"좋아요. 공주님과 함께 이 왕국을 다스릴 수만 있다면 저도 최선을 다하겠습니다."

그날 밤의 대화는 그리 길진 않았다. 하지만 가장 오래 기억될 것만 같은 밤이었다. 그날의 공기, 따뜻했던 우리의 온기까지 잊지 않고 간직하고 싶었다. 우리는 서로를 믿었고 앞으로 서로에게 의지하고 보듬어 줄 것을 약속했다. 이 순간이 꿈이라고 해도 절대

남혜진

잊을 수 없을 것 같았다.

공주와 나는 얼마 지나지 않아 바로 결혼식을 올렸다. 그날은 내가 겪은 날 중 가장 행복한 날이었다. 내가 지금까지 보아왔던 세상은 이렇게 아름답지는 않았는데, 공주를 만난 후 내 세상은 밝게 빛나는 날들로 가득 찼다.

정식으로 왕위에 즉위하기 전에 나는 원래 살던 궁전으로 돌아가 부모님과 가족을 만나기로 하였다. 무작정 집을 나온 지 한 달을 넘기고 있지만 가족들은 내가 어디서 어떤 일을 하고 있는지도 모른다. 어쩌면 소문이 퍼져 가족들도 내 이야기를 들었을 수도 있겠지만 말이다.

원래 나는 가족에게 찾아갈 생각이 없었다. 그런데 공주가 나에게 가족을 다시 한번 만나보는 것이 어떻겠냐고 이야기했다. 그 말을 듣고 나는 문득 한 달 동안 가족들을 잊고 지낸 것이 가족들에게 미안해졌다.

내가 궁전을 찾아가 부모님 앞에 앉았을 때 부모님은 아무 말도 하지 않으시고 나를 조용히 바라보실 뿐이셨다. 나는 죄송하다고 말했고 돌아온 대답은 복잡하지 않았다. 무사히 돌아왔고, 집을 떠나 더 큰 일을 했으니 됐다고, 부모로서 나를 자랑스럽게 생각한다는 말이었다.

어쩌면 단순한 반항심으로 성을 떠나 다른 왕국의 공주와 결혼하게 된 황당한 일을 만든 나를 자랑스럽다고 해주시는 부모님에게서 나는 조건 없는 사랑을 느꼈다.

일 때문에 나의 이야기를 잘 들어주지 못한 것으로 부모님이 나를 사랑하지 않는다고 생각했던 것은 어리석은 생각이었다는 것을 깨달았다. 어린 마음에 했던 생각이 부끄러워지기도 했다. 그렇게 여러 일을 잘 마무리하고 나는 그 길로 순조롭게 왕이 될 수 있을 거라고 생각했다.

하지만 현실은 나의 생각과는 달랐다. 왕국이 몇십 년이 넘게 잠들어 있었던 탓에 왕국과 함께 잠들어 있었던 사람들에게는 어처구니없는 일이 일어난 상태였다. 깨어나 보니 다른 가족들이 모두 늙어 있는 것이다. 갓난아기였던 자신의 어린 자녀가 다 커버려 결혼까지 마친 경우도 있었다.

거기다 다른 왕국에서 빠르게 여러 기술이 발전할 동안 오랜 세월 곤히 잠들어 있어서 지금 사용하는 물건들의 사용 방법도 잘 모르고 경제적인 문제도 심각했다.

그런 혼란스러운 상황에서 사람들은 다른 왕국에서 온 내가 왕의 자리에 앉는다고 하니 당연하게도 반대하는 사람들이 많았다. 왕국의 신하들은 갑자기 왕이 되고자 하는 나를 달가워하지 않았고 공주에게 왕국의 일을 쉽게 결정해선 안 된다, 아직 공주님도 정치를 잘 모르시지 않느냐, 어떻게 왕이 될 사람을 그렇게 쉽게

181

결정할 수 있냐며 비난하기 바빴다. 내가 이 왕국을 다스리기 위해서는 나를 좋지 않은 시선으로 보는 신하들과 사람들을 잘 설득해야 했다. 무작정 내 마음대로 왕의 자리를 차지한다면 반발은 더 심해질 것이고 그렇게 되면 나는 이 왕국에서 왕은커녕 쫓겨나게 될지도 모른다.

사람들에게 내가 이 왕국을 잘 다스릴 수 있다고, 내가 한번 믿어볼 만한 사람이라는 걸 알려야 했다. 하지만 내가 원래 살던 성을 떠나고 지금까지 짧지만 긴 시간 동안 하루하루 영화같이 쉬지 않고 많은 일이 일어나니 나는 너무 지치고 뭔가를 더 할 추진력을 잃어가는 듯했다. 그냥 이대로 시간이 멈춰버렸으면 좋겠다는 생각도 하였다. 나는 어쩔 수 없이 왕의 자리를 비워두기로 했다. 그동안은 공주가 왕의 업무를 맡아서 하기로 결정되었다.

잠들었던 성은 깨어난 후 왕국 안팎으로 시끄럽고 앞으로 어떻게 될 것인지 미래가 혼란스러웠다. 어디서부터 잘못된 것인지 이 왕국에서 함께 잠들었던 사람들은 무슨 죄인지 창밖에 사람들을 보면 눈빛은 흐리멍덩하고 기운이 없어 보였다. 내가 저 사람들을 다시 웃게 만드는 그런 생각을 매일 밤 했다.

"할 말이 있어요."

공주는 몇 날 며칠을 고민에 빠진 나에게 말을 걸어왔다. 그리고 나에게 한 가지 제안을 했다.

"저는 왕국의 일에 대해 배워본 적도 공부해 본 적도 없어요, 그저 좋아하는 것만 하다가 이렇게 커버렸죠. 하지만 왕자님은 왕의 꿈을 가지고 있었으니 왕의 일에 대해 잘 아실 것만 같아서요."

공주는 나에게 자신 대신 일을 봐달라고 부탁하였다. 내가 자신의 일을 한다고 해서 안 될 건 없다며 남편으로서 좀 도와주는 것이라고 생각하라고, 부담 갖지 말라 말했다. 그렇게 나는 공주가 하는 왕의 업무를 하기 시작했다. 공주는 틈만 나면 나를 찾아와서 나의 사기를 높여주었다.

아침 일찍 일어나서 책을 읽고 일을 하고 점심을 먹은 후에는 밖으로 나가 산책을 하며 사람들이 어떻게 사는지 지켜보고 다시 돌아와 일을 하는 반복되는 하루가 계속되었다. 누구에게는 따분하고 재미없을 수 있겠지만 나에게는 꿈꿔왔던 삶이었다. 그렇게 하루하루를 살며 지치고 불안했던 내 마음은 점점 더 편안해지고 안정을 찾아갔다.

오랫동안 그런 날들을 반복했다. 성이 잠들어 있는 동안 생겼던 여러 가지 문제들이 점점 해결되었고 왕국의 공기는 점점 더 상쾌해졌다. 밖을 보면 부정적인 것들보다는 길에 알뜰하게 핀 꽃들과 나비를 쫓는 고양이들처럼 예쁜 것들만 내 눈에 들어왔다. 뭔가 한번에 확 변한 것은 아니지만 확실하게 왕국이든, 사람들이든 전보단 훨씬 나아지고 있었다.

남혜진

시간은 시나브로 흘러갔다. 그러던 중 한 신하가 찾아왔다. 공주를 처음 만났을 때 옥탑방에 다급히 찾아왔던 그 신하였다. 이 사람도 내가 왕이 되는 걸 꽤나 반대했던 사람이라 나와는 서먹한 사이였다.

"무슨 일로 나를 찾아온 거요?"

신하의 표정은 날이 서 있지 않았다.

"정식으로 왕이 되어주셨으면 합니다."

나는 신하의 말에 흠칫 놀랐지만 다시 표정관리를 하였다.

"그게 무슨 말입니까? 당신은 내가 왕이 되려 할 때 가장 반대했던 사람 중 한 명입니다. 그런데 어째서 생각이 바뀌게 된 겁니까?"

나는 갑자기 찾아와 왕이 되어달라는 신하에게 되물었다.

신하는 숨을 한 번 크게 쉬고는 다시 말을 이어갔다.

"왕자님께서 이 왕국의 일을 모두 도맡아 하고 계신 것을 모르는 사람은 없을 겁니다. 그렇게 하신 지 꽤 오래되셨죠? 다들 말하지는 않았지만 눈치채고 있었습니다."

신하의 말을 듣고 생각해 보니 그 말이 맞았다. 공주는 성에 가만히 있기보다는 나가서 산책하고 디저트를 먹는 것을 즐겼다. 그것을 모르는 사람은 없었고 나는 하루에 몇 시간을 빼고는 성에서 아무도 모르게 앉아서 하루를 보냈다. 그것 또한 모르는 이가 없었다. 그렇게 어찌어찌 모두 알게 된 것 같다. 내가 생각하기에는 그렇다.

"하지만 내가 왕이 되기를 반대하는 사람들이 많을 텐데……."

그때 신하가 손 뒤에 숨기고 있던 상자를 내게 보였다. 그 안에는 편지 봉투들이 잔뜩 들어 있었다.

"도대체 이게 다 뭡니까?"

신하는 고개를 푹 숙이며 말했다.

"지금까지 왕실 밖의 시민들이 왕자님께 보내온 편지들입니다."

나는 대체 이해가 되지 않았다.

"그러니까 이 많은 편지들이 왜 나에게 오지 못하고 이 바구니에 모여 있다가 이토록 한 번에 찾아온 거냔 말입니다."

나는 신하가 들고 있던 바구니를 가져와 편지를 하나하나 뜯어 보았다. 한 10개쯤 뜯었을 때, 왜 이 편지들이 나에게 오지 못하였는지 깨달았다. 편지의 내용은 시민들이 나에게 쓴 고마움의 편지였다. 내가 매일 왕실 밖을 살피러 나간 탓인지 성안의 신하들뿐만 아니라 시민들도 내가 나랏일을 도맡아 하고 있는 것을 알고 있는 듯했다. 내가 지금까지 도와준 불쌍한 사람들, 곤란한 상황에서 구해준 학생들, 새로운 농기구 사용법을 가르쳐 주었던 농부들까지 내가 왕실의 사람인지 그리고 공주의 남편인지 알고 있었던 모양이었다. 신기하고 뿌듯했다.

"왕자님께서 왕이 되는 것을 반대한 저희가 지금까지 왕자님에게 온 감사 편지들을 모두 모아 가지고 있었습니다. 저희는 왕자님

남혜진

을 믿지 못했으니까요. 하지만 이제는 왕자님이 이 왕국에 꼭 필요한 사람이라는 것을 알게 되었습니다. 그래서 이제야 감히 지난 일을 모두 밝히고 왕이 되어달라 부탁하게 되었습니다."

나는 내가 왕이 되는 것을 반대했던 신하들을 충분히 이해하였다.

"나도 그 마음 이해합니다. 이제라도 나를 알아봐 주어서 고맙군요."

나는 내가 왕이 되기를 반대하는 사람들이 사라졌다는 것보다 시민들도 신하들도 내가 이 왕국을 잘 다스릴 수 있다는 것을 알아봐 주었다는 게 좋았다. 내가 증명하고 싶었던 것을 증명해 낸 것 같아서 기뻤다. 아무리 나아져도 마음속에서 나가지 않고 자리 잡고 있었던 응어리 같은 찜찜함도 이제는 다 날아가 버리고 없었다. 나는 모두의 환영을 받으며 왕의 자리에 올랐다. 나를 반대하는 사람은 없었고 모두 나를 보며 웃고 축하해 주었다.

*

마법에 걸린 공주와 잠든 성, 그 성이 다시 살아 숨 쉬게 된 지 벌써 10년이나 흐르고 성에서는 그것을 기념하는 10주년 파티가 열렸다. 성안에서는 갖가지의 음식과 디저트가 준비되어 있었고 성 밖에서는 오랜만에 열린 파티에 신난 아이들이 뛰놀았다. 다들

성이 깨어난 순간을 떠올리며 시시콜콜한 이야기들을 나누었다. 파티가 시작되고 나는 왕으로서 파티에 있는 동안은 모두가 이 순간을 즐겼으면 좋겠다고 한마디를 하고는 다시 자리에 앉았다.

"난 아직도 당신을 처음 만났을 때가 생생해요."

공주가 말했다.

"저돕니다. 10년 동안 얼마나 많은 일이 있었는지 몰라요."

나는 공주에게 웃음을 보였다. 공주와 나는 나란히 앉아 파티를 즐기는 사람들을 바라보았다. 지금까지 좋고 나쁜 일이 많이 있었지만 결국은 지금 이렇게 행복할 수 있으니 내가 했던 일들에 후회가 없다. 나에게 남은 일은 이제 나에게 온 행복을 마음껏 누리는 일밖에 없었다.

파티가 열린 그날은 유난히 날씨가 맑고 화창했다. 바람이 불면 흔들리는 마당의 나무들이 나에게 지금까지 고생했다고 이제는 모두 잘될 것이라고 토닥이는 것 같았다.

남혜진

남혜진

안녕하세요. 남혜진입니다.

저는 왕자가 주인공인 글을 쓰고 싶었습니다. 그래서 잘 알려진 "잠자는 숲속의 공주" 이야기에서 왕자 중심으로 각색해 보았습니다.

이 동화 속의 왕자는 꿈을 이루기 위한 과정에서 예상하지 못한 일들을 많이 겪는데요. 그럼에도 끊임없이 부딪히고 노력합니다.

우여곡절을 겪는다는 게 마냥 좋은 일은 아니지만 그 우여곡절이 없으면 목표를 이루는 과정에서 그만큼 재미가 없다고들 합니다. 그리고 어떤 성과라도 '마침내' 해내었을 때의 보람은 말로 설명할 수 없는 것 같습니다.

꽃이 피는 시기는 다 다르다고들 하지만 사실 꽃봉오리가 펼쳐지는 때는 자신이 정하는 것이라고 생각합니다.

이 글을 읽는 모두가 무작정 피어날 때를 기다리기보단 그 시간이 얼마나 걸리더라도 피고 싶을 때, 가장 노력해서 피는 꽃이 되었으면 좋겠습니다.

감사합니다.

남혜진

　자연이 얼고 정체된, 추운 겨울이다.

　눈이 내리는 어느 날, 아이가 태어났다.

　"축하드립니다. 어여쁜 공주님이십니다."

　긴 시간이 지나고 흐르고, 그토록 기다리던 아기의 울음소리가 터져 나왔다.

　아기를 낳은 왕비는 내 동생이다. 나와는 나이 차이가 꽤나 났기에 거의 업어 키웠대도 할 말이 없는 내 소중한 동생이었다. 나이 차이가 난다고만 해서 소중한 게 아니었다. 이유는 정말 단순했다. 아주 어렸을 때, 가정교육이 너무나도 힘들어 그 압박감에 잠시 방황하던 나를 어리고 몸 약한 동생이 잡아주었기 때문이었다. 그저 말로만 위로해 주어도 힘이 되었다면 거짓말이고 나를 향해 매일 주었던 달콤한 초콜릿이었다, 그저 그런 이유였다. 난 네가 주는 달콤한 초콜릿이 좋았고 거기에 더해주었던 동생의 달콤한 위로는 내게 힘이 되어주었다. 단순히 그런 이유로 동생은 내 소중한 사람이 되었다.

그 애는, 훌쩍 커버린 소중한 내 동생은 그렇게 하고 싶어 하던 사랑을 하고 아주 작은 아이를 낳았다.

그런데 왕은 고생한 내 동생도, 갓 태어난 결실도 시큰둥한 눈으로 아이와 내 동생을 보고는 곧 제 첩에게 돌아갔다.

"왕비 폐하……. 고생하셨습니다."

내가 말했다.

다 죽어가는 내 동생을 두고 간 왕에게 한마디 쏘아붙이고 싶었지만, 지금은 동생만 보기에도 부족했다.

"언니……. 내 아이는요? 건강한가요?"

"당연하죠, 보세요. 폐하께서 바라셨던 대로 눈처럼 하얗고, 피처럼 빨간 입술에, 자수를 목재처럼 머리가 까만 아이랍니다."

"세상에, 내 아이……. 내 아이예요. 언니, 너무 예뻐요."

기진맥진하면서도 제 아이를 찾는 동생에게 아이를 안겨주자, 환한 미소로 아이를 바라보며 만지작거렸다. 너무도 좋아하는 모습이 크리스마스 선물을 받은 아이로 착각할 정도였다.

"왕비 폐하, 공주님의 이름은 정하셨나요?"

"이름……. 그렇죠, 뭐가 좋을까?"

아이를 품에 안고 고민하던 왕비는 곧 눈을 마주치고 빙긋 웃으며 말했다.

"피부가 정말 하얘요. 제가 좋아하는 눈 같아요. 그러니……. 백설. 백설로 할래요."

"백설 공주. 예쁘네요."

언뜻 보면 대충 지은 것 같지만, 제가 좋다니 뭐, 좋았다. 그렇게 얼마나 대화를 나누었을까 아이를 낳을 때부터 안색이 나쁘던 왕비는, 뭐가 그리 급했는지 해가 다 저물기도 전에 눈을 감았다. 내가 쉴 수 있도록 자리를 비켜주려 하자 그녀는 마치 미래를 내다본 것처럼 나와 함께 있으려고 했고, 그렇게 내가 보는 앞에서 스르륵 눈을 감았다.

품에는 아이가 있었고, 앞에는 내가 있었고, 뒤에는 숨죽여 훌쩍이는 유모와 하녀 두 명이 있었다. 왕비의 넓은 방에는 우리가 전부였다. 아이는 울지도 않고 잘 잤다. 얌전했다. 이럴 땐 크게 울어줬으면 좋으련만.

"울어보렴. 아가, 네 엄마 좀 깨워보렴. 듣자 하니, 아이 엄마들은 자식 울음소리면 잠도 자지 않는다지."

동생의 품에서 아이를 꺼내 안으며 속삭였다.

"울어보렴. 아가, 내 동생 좀 깨워보렴."

작은 어깨에 고개를 묻으니 따뜻한 아가와 함께 옅은 네 향이 났다. 아가가 이 향을 잊지 못하면 어쩔까, 걱정부터 됐다. 유모에게 아이를 넘기고, 네 손을 잡아보고, 방을 나왔다. 나는 이제 네 앞에서 울지 않기로 했단 말이야.

며칠이 지나고 왕비의 장례식이 끝났다.

한 나라의 왕비였는데도, 장례식은 위치에 비해 조촐했다. 왕은 형식만 갖추고 첩에게 돌아갔다. 화가 났다. 제 아내가 죽은 것보다 한낱 첩의 구두를 사러 가는 것이 더 중요하단다. 화가 났다. 내 동생을 왕비로 삼아 그 높은 지붕 꼭대기에 하이힐을 신겨 세워놓고, 며칠이나 지났다고 첩을 들여 지붕 아래서 맨발로 밍크털 위를 걷도록 했다. 하지만 내가 할 수 있는 건 없었기에 동생이 남긴 아기를 지키며 조용히 살기로 했다.

백설 공주를 키우는 수년 동안에도 왕은 공주에게 관심이 없었다. 나는 오히려 그것이 다행이라고 생각하며 백설 공주를 지키는 데 집중했다. 왕에게는 새로 들인 부인이 있었고, 그녀는 왕의 총애를 남에게 뺏기는 것을 싫어했다. 오죽 그랬으면 어린아이에게 줄 한 줌의 눈길조차 질투하며 필사적으로 막았겠는가. 백설 공주가 눈에 띄는 것도 싫어해 3살이 되던 해에는 본궁에서 내쫓기까지 했다. 이쯤 되니 아이를 상대로 아등바등하는 꼴이 퍽 우스웠다. 딱 거기에서 그쳤다면 욕심 있고 조금은 패씸한 아이로 내버려

김나영

두었을 텐데.

백설 공주가 7살이 되기 한 달 전인 지금, 나는 왕의 집무실에서 들려오는 대화를 듣고 있다. 내용은 백설 공주를 죽이자는 것이었고, 들어온 지 며칠도 안 된 부인 따위가 이 나라의 왕에게 그의 자식을 죽이자고 바람을 넣고 있었다. 분노가 치밀었다. 당장 가서 저 두 사람의 따귀를 때리고 싶었다. 아직 7살도 되지 않은 저 어린 것이 자기에게 어떤 위험이 된다고 죽이자는 것인지 어처구니가 없었고, 또 거기에 흔들리는 왕은 자아가 존재하지 않는 생물인지 참 의심이 간다.

왕의 첩에게 대적하기에는 우리는 한없이 작았기에 도망치는 방법을 택했다. 나의 편을 만들기에는 너무 늦어버렸고 무엇보다 나는 사람을 다룰 자신이 없다. 아이한테도 진실을 알려주고 신경을 쏟아야 했기 때문에 더더욱 그럴 여유가 없었다. 아이한테는 아버지가 나쁜 사람이라는 걸 모르는 게 약이라고들 하지만 자기 엄마가 왜 없고 아빠가 이 모양인지는 알아야 했다.

그러나 공주의 표정이 무엇이었는지는 죄책감에 바닥을 보고 있던 이모는 알 길이 없었다.

'한낱 첩이었던 주제에 따르는 버러지들이 왜 이리 많아?'
이런 걸 생각할 시간이 없었다. 아이를 지키기 위해서라면 이럴 수밖에 없었다. 공주는 나의 마음을 알아주는지 더러운 마차에 옮겨 탈 때도 많이 걸어 다리가 부었어도 투덜거리기는커녕 내 손을 잡아주었다. 어린아이 주제에 철이 들어버린 것일지도 모르겠다.

마차에서 며칠은 매우 고단하고 힘들었다. 공주를 이런 상황에 놓이게 하다니. 하늘에서 행복하게 지내고 있을 나의 자매를 볼 자신이 없어졌다. 우린 한 달 가까이 그렇게 허름한 마차에서 지냈고 마침내 숲이 울창한 인적이 드문 시골에 도착했다.

우리들은 로브를 쓰고 지도를 보며 목적지로 향하고 있었다. 공주는 심심한지 나의 팔 안에서 시 한 편을 쓰고 있는 것 같았다. 아이도 사생활이 있으니 엿보는 어리석은 행동은 하지 않기로 했다.

'나중에 제가 알아서 보여주겠지.'

-바스락

뒤에서 발소리가 들렸다.

등에 활을 메고 가죽신을 신은 덩치가 큰 사나이. 허리에 짐승 가죽을 벗기는 주머니칼을 찬 것을 보니 사냥꾼이 틀림없었다.

아마 그 여자가 보낸 사냥꾼일 것이다. 발걸음 소리도 못 숨기다니 아마추어인가? 이렇게 허접한 사람을 그녀가 고용할 리가 없다. 나는 내려놓으려 했던 공주를 그냥 꼭 잡고 전력 질주를 했다. 이런 못돼먹은 놈, 아무리 암살 의뢰라 하더라도 어린애를 죽이라는 의뢰를 받았구나.

5분 정도가 지났을까 한때 체력이 좋았던 나도 이제는 폐가 말

197

라 비틀어져 버릴 것만 같은데 활 쏘는 저 자식은 숨도 안 차는지 거리가 나와 점점 가까워지고 있었다. 내 숨소리 때문에 뭐라고 하는 것만 같았다.

'아 힘들어, 동생 보고 싶다 진짜.'

닿지 않을 말을 마음속으로 내뱉으며 큰 나무 뒤에 몸을 숨겼다. 지금은 너무 힘들어서 옆으로 누워서 숨을 토하고 싶은데 공주 덕에 꼴사나운 짓은 면했다. 부모는 아이의 거울이라고 했던가. 어쩔 수 없었다. 부모는 아니지만, 공주를 돌보고 있는 이상 나도 부모 비슷한 것이니.

"이모, 물 드릴까요?"

"고마워, 아가."

"응……."

아직 7살 같은 아주 귀여운 모습을 보고 머리를 쓰다듬어 주었다. 음, 역시 아이들은 귀엽다. 머리통이 둥그런 것이 어미를 쏙 빼닮았다. 성인이 되어도 이렇게 귀엽게 자라주면 좋겠는걸.

"나무 뒤에 숨어 있다고 내가 모를 거 같은가?"

그가 잔인하게 웃으며 말했다.

어떻게 해야 할지 고민을 하고 있을 때, 말소리가 또 들렸다.

"거, 나도 애를 죽이는 사람은 아니오. 나와 거래를 하지 않겠나? 정 못 믿겠다면 계약서를 쓰지."

개도 밥 먹다 사레들릴 헛소리를 하기 시작했다. 여기서 사냥꾼에게 활로 죽는 것과 나중에 배신을 당해 죽는 것은 별 차이 없다. 독 안에 든 쥐 꼴이었으니까. 하지만 이런 가능성을 생각하지 않고 공주만 구한다면 차이가 있다. 내가 머리를 마구 굴리고 있을 때 사냥꾼이 무기를 다 바닥에 내려놓았다.

"내가 백설 공주를 소드 마스터로 만들어 주지. 애초에 너희를 죽일 생각조차 없었어."

"뭐? 무슨 소리야? 헛소리 하지마. 그럼 왜 우릴 쫓아온 건데?"

"네 공주가 검술에 재능이 있으니 놓치기 아까운가?"

"……?"

나이에 맞지 않게 사냥꾼이 반짝이는 눈으로 공주를 쳐다봤다. 공주도 기분 나빠 하지 않는 것을 보니 여러 생각이 몰려왔다. 설마, 아니겠지. 아니 그것보다 공주가 뭐? 검술에 재능이? 그럴 리가 없다. 공주는 검은커녕 활도 배운 적이 없는데 어떻게 재능을 안다는 말일까? 손만 봐도 알 텐데. 이 고운 손에는 작은 흉터조차 없다. 저 사냥꾼은 무엇을 알고 있는 것일까?

"안 돼, 검도 잡아본 적 없는 애를 네 제자로 삼고 싶다고? 공주가 하고 싶다면 몰라도 절대 안 돼!"

"내 거래 제안은 네가 아니고 공주에게 하는 말이다. 그리고 거절하면 여기서 죽는 것밖에 선택지가 없지 않은가?"

"으……. 하지만 이렇게까지 해주는 이유가 뭐지?"

"말하지 않았는가? 공주는 검에 재능이 있다고. 난 흥미로워서

김나영

키워보고 싶을 뿐."

"공주는 검 한번 잡은 적이 없어. 네가 뭘 안다고 지껄여……!"

아이 앞에서 언성을 높이는 건 좋지 않다는 걸 알고 나는 입을 다물었다. 나는 공주의 생각도 알고 싶었다. 하지만 나의 직감이 왠지 모르게 그쪽으로 고개를 돌아보지 말라고 외쳤다. 이 애가 하고 싶다고 하면 나는 말릴 수 없다. 동생을 향한 죄책감이 사슬이 되어 뻗어 나갔다.

내가 생각에 빠진 채 말이 없자, 공주가 내 손을 잡고 입을 열었다.

"이모, 저는 해보고 싶어요."

동생아, 나는 어쩌면 나쁜 이모였을지도 몰라.

"안 될까요?"

이 아이에게 태어나자마자 검을 쥐여주면 안 된다는 신탁이 내려왔음에도 안 된다는 말을 하지 못했던 나는 죽어서도 너를 만나지 못할 것 같아.

*

단칼에 잘려나간 여자아이의 검은 머리카락은 달빛 아래 광택을 내며 떨어졌다. 바람에 흔들리는 나뭇잎들이 그녀를 감싸며 마치, 옛이야기 속에서 풍겨오는 시대의 향수를 불러일으키는 듯했다.

우연히 이 흔하지 않은 외모를 보고 대륙을 여행하던 옆 나라의 왕자, 플로리안은 그녀가 적국의 공주라는 사실을 전혀 알지 못한 채로 그녀와 한마을에서 마주쳤다. 플로리안이 백설에게 첫눈에 반한 것은 아니었다.

처음에는 자주 놀러 오던 마을에 새로 이사 온 여자애로 여겼었다. 그저 그녀가 여기에 정착해 잘 적응할 수 있도록 친해진 것이었고.

우연히 그녀가 검을 잡는 것을 봤을 때 반하게 되었다. 말을 나눌 때와는 달랐던 상냥하던 그 애의 검은 묵직하고도 강렬했다. 그저 검이 무거워서 묵직해 보이는 것이 아니었다. 처음엔 단지 무거워 보였기에 그렇게 보였다고 생각했으나, 검에 대해서는 잘 모르는 플로리안이었는데도 계속 보다 보니 그게 아니란 걸 곧장 알게 되었다. 그는 멋있다고 생각했다. 검술로 내면의 자신을 표현한 것 같았다. 점점 보다 보니 더 친해지고 싶어졌고, 오직 친해지고 싶었을 뿐만 아니라 자신도 검을 잡아보고 싶다는 생각이 들었다. 생각을 현실로 옮기는 것은 매우 어려웠다.

처음에는 공주에게 부탁을 했다. 네가 우연히 검을 잡는 것을 봤는데 까지는 좋았지만 뒤에 말이 너무 길어 공주가 대체 말하고 싶은 게 뭐냐고 딱 잘라 물었다. 공주는 말이 긴 것을 별로 좋아하지 않는다는 사실을 알게 되었다. 플로리안은 자신도 검을 배우고 싶은데 함께해도 되냐고 말했고 공주는 미안하지만 안 될 거 같은데 하고 거절했다. 원래 싫다고 하면 그만해야 되는데 성실하고 고

김나영

집이 강한 그는 그러지 않았다. 성격 탓도 있고 말리는 사람이 없었기도 했다. 하루는 선물공세, 하루는 문안인사라고 읽고 검술 집착 알림종이라고 쓸만한 짓을 했다. 때려도 가지 않고 버티는 게 참 마음에 안 들었다. 그래도 친구라 "이게 어디서 머리를 맞고 왔나?"라는 말만 했다. 이 귀찮은 남자애를 그녀가 밀어내고 거절했으나, 그녀를 포기하지 않는 왕자의 끈질김과 왕자의 눈물 없이는 볼 수 없는 노력, 공주의 자비, 마지막으로 사냥꾼의 부추김이-너도 친구 하나는 있어야 검을 잡을 맛이 나지 않겠냐고 하셨다-왕자의 소원을 이루어 주었다.

공주는 사실 이 철 없고 끈질긴 남자애랑 같은 검술 스승이 생긴다는 게 싫지는 않았다. 사냥꾼을 검술 스승으로 받고 혼자 고통스러우니 너무 힘들었던 것이다. 마침 왕자가 나타나 검술을 같이 배우고 싶다길래 그 의지를 테스트할 겸 약 6개월 동안 그를 매몰차게 거절했다. 뭐가 좋다고 거절할 때마다 웃거나 비장한 건지 정말 어디서 머리를 맞은 건지 걱정이 되었다. 하지만 걱정은 금방 사라졌다. 너무 끈질겨서 걱정하는 내가 이상한 것 같았다. 그래 누가 누굴 걱정하는 거람. 옆에 있는 사냥꾼은 공주의 속도 모르고 매일같이 오는 플로리안이 웃겼는지 바닥에 몸을 뒹굴었다.

이런 일로 둘은 함께 검술을 배우기로 해서 둘은 함께 훈련을 받게 되었다.

그리고 2년 후, 둘은 이제 검술 어린이를 조금 졸업한 하급검사로서 나란히 서게 되었다. 자기가 먼저 했는데 왜 똑같이 성장했는지 모르겠다며 공주는 플로리안에게 너 검술에 재능이 있구나? 같은 소리를 해댔다. 그냥 함께하고 싶어서 매일 밤에 열심히 검만 휘두르며 고생해 경지에 다다른 그는 그런가 봐라는 대답을 하고 그냥 입을 다물었다.

둘은 서로를 라이벌로 여기며 항상 경쟁하고, 함께 고민하며 마음을 나눌 수 있는 절친한 친구로 남았다. 그 둘은 불처럼 뜨겁게 타오르는 검에 대한 열정을 나누며 검만 아는 바보들로 자랐다. 이후로는 뻔했다. 라이벌이자 친구로서, 둘은 검술 실력을 더 키우기 위해서 다사다난한 여정을 함께하게 되었다.

동료들을 모으고, 여러 어려움을 극복하며, 두 해가 지난 후에는 소드 엑스퍼트-대충 중급 기사 정도라고 하는데 아마 조금 강해진 전사 정도인 것 같다. 사냥꾼은 이론만 들으면 자는 네게 설명해줄 아주 상냥한 설명이라며 구박했다-로 거듭났다. 그 둘의 검술은 웬만한 기사들을 무찌르고 대륙을 먹을 기세였다.

앞으로 나아가면 소드 마스터-거의 자면서도 검을 휘두르는 인간병기급 수준이라고 한다. 각 나라에 몇백이 안 된다는데 정말 위대한 경지인가보다-가 될 수 있는 기회였다.

하지만 왕자는 갑작스러운 통보로 자국으로 돌아가야 한다는 사

김나영

실을 모험하며 알게 되었다. 왕자는 여행하는 내내 뭐 씹은 표정이었지만 공주는 역시 자신이 만든 밥이 다 타고 맛이 없어서 탈이 났다고 생각해 물어보지 않았다.

내 왕국에 내가 필요하게 돼서 떨어져 있어야 할 것 같아.
편지 답장은 보내지 마!

-플로리안이-

그것도 아침에 쪽지로 말이다.

왕자의 떠남은 공주에게는 큰 충격이었다. 일반 시민인 네가 나라에 왜 필요한 건데? 전쟁이라도 났나.

그녀는 왕자의 직위나 상황을 몰랐고, 둘은 서로의 신분 같은 건 하등 상관없이 살아 왜 플로리안이 떠나야 했는지 자세히 이야기해 주지 않았고 편지만 주고 가버린 것을 이해할 수 없었고, 이해하기 싫었다. 그냥 말로 안 하고 쪽지만 주고 휙 가버린 것에 배신감을 느꼈다. 서운한 그녀는 주먹을 꽉 쥐었다.

'플로리안, 돌아오기만 해봐! 아주 묵사발을 내주겠어.'

백설 공주는 다시 혼자서 검술을 배워야 했다.

처음에는 쉬웠었는데 한 사람이 떠나니 이렇게나 집중이 안 될 줄 누가 알았을까? 하나뿐인 벗이 떠난 후, 그녀는 서운함과 섭섭함을 달래기 위해 밤낮없이 수련하는 생활을 시작했다.

플로리안과 모험을 그만두고 다시 사냥꾼에게 가긴 싫어서 혼자 마당이 있는 집을 구해 자취를 했다.

며칠은 그냥 단순히 화가 나서 사람 같지도 않은 생활을 했다.

밥도 안 먹고 씻지도 않고 한 달 내리 훈련만 했다. 몸에 하수구 냄새-본인도 어떻게 사람 몸에서 이런 냄새가 나지? 라고 할 정도였다-가 날 정도였다. 화가 슬슬 식을 때 사냥꾼은 왕자에 대한 소식을 편지로 전해주었다.

왜 플로리안은 자신에게 직접 편지를 쓰지 않는 걸까? 그 생각이 공주를 다시 화나게 했다. 또다시 수련에 목을 매었다. 이 정도 냄새와 비주얼이면 하수구에서 쥐들이랑 수련하는 게 나을 판이었다. 아니면 아예 '쥐들을 위한 검술 학원'을 짓는 것도 나쁘지 않을 몰골이었다. 아마 쥐들이 주워 온 음식으로 수강료가 대체 되겠지. 정말 끔찍한 시기였다!

공주는 며칠 뒤 다시 분노가 가라앉으며 다시 정상적인 생활을 시작했다. 지나가던 아이들이 폐가 아니냐며 왔다가 냄새를 맡고 기절해 민원이 들어왔기 때문에 화가 식고 미안함이 자리를 잡았기 때문이다. 그녀는 자신을 더욱 발전시키기 위해 애썼다. 오직 플로리안 한 사람을 깜짝 놀라게 해 서프라이즈를 해주고 싶었다. 플로리안 입장에서는 서프라이즈가 아니고 공포였겠지만. 지금 여기에는 그걸 알려줄 사람은 없었다. 단 한 명도 없었다……

김나영

3년 후, 14살이 된 공주는 비공식 소드 마스터로서의 경지에 다다랐다.

　그녀는 최연소 소드 마스터-검술 최고의 경지-가 될 준비를 마치고, 더 나아가 발전하기 위한 여정을 시작하게 되었다. 그녀의 마음속에서는 자신에게 이 여정의 끝은 없었고 라이벌이 있었다.
　플로리안을 편지로는 용서한 지 오래되었지만 다시 얼굴을 보면 다시 화가 날 것 같아서 얼굴에 주먹을 꽂을지도 모른다고 생각했다. 아니 그렇게 하기로 다짐했을지도.

　플로리안이 철을 온몸에 칭칭 두르더라도 이 주먹은 6m 두께의 철을 나무판자처럼 부숴버리는 무시무시한 무기였기에 갈비뼈를 으스러뜨리고도 남을 것이 뻔하다.

*

　남자는 오한을 느끼며 옷을 여몄다.
　"억, 아니 봄인데 왜 이렇게 싸하지? 감기인가?"
　공주의 샌드백이 되는 건 먼 미래의 일이었다.

공주가 도망치고 5년이라는 세월이 흘렀다. 공주는 그동안 그 마녀 같은 여자, 왕의 첩의 눈을 피해 쥐새끼처럼 숨어서 살았다. 그런데 악마와 같은 그 여인이 결국 공주의 행방을 찾아내게 되었다.

어떻게 알게 된 거지? 정보를 흘렸다곤 생각해 본 적이 없는데, 누군가가 숨어들었던 모양이다. 수련만 하다 보니 정신이 없었던 거 같다. 이모 또한 위치가 발각이 되었는데, 아무래도 일반인이고 자주 나가다 보니 들키게 된 것 같다. 난 빨리 옷을 후다닥 입고 사냥꾼과 이모가 있는 오두막으로 향했다.

★

공주가 살아 있었다니.

죽은 줄로만 알았건만 혹시 몰라 대비했는데 여기에 걸릴 줄이야.

"암살자를 보내라."

"예."

손가락으로 책상을 툭툭 치며 그녀가 생각에 빠졌다. 그러곤 곧 눈알을 굴리고 천장으로 시선이 향하며 웃더니 다시 눈을 감았다. 노래를 흥얼거리며 체스 말을 흔들어 수많은 백과 단 하나의 흑을 맞대어 두었다. 자르지 못한 싹은 아군부터 제거해야 하지.

그렇지?

　백설 공주는 오두막에 도착해 동료들과 이모를 지키고자 했다. 나의 이모는 암살자의 실력에 비해 너무나 부족한 내 탓에 잃게 되었고, 함께 싸워주던 사냥꾼마저 떠나게 되었다. 그녀는 암살자들을 쓰러뜨리며, 고통의 하루를 보냈다. 그리고 마침내 그녀가 원했던 노란 빛은 아니지만 회색빛의 빛을 발산하는 소드 마스터가 되었다. 모든 적들을 물리치고, 무덤에 던져진 동료들을 기리며, 마침내 그녀는 그랜드 소드 마스터가 되었다. 그녀는 최고의 경지에 이른 것에 전혀 기쁘지 않았다. 기쁠 리가 없었다.

　그녀는 송장 앞에서 며칠을 앓았고 며칠을 식음전폐 했다. 그러고도 죽지 않았다. 그녀는 소드 마스터였으니까.

　그렇게 정말 죽을 것 같았을 때쯤-아마 왕자에게 서신을 보내지 않은 지 반년째 되었던가-백설 앞에 왕자가 나타났다. 그녀의 동료들과 가족처럼 소중한 존재였던 그가 그녀 앞에 서 있었다. 인상은 잔뜩 구겨져 있었으며 나를 보고 놀랐다. 그럼에도 플로리안은 일어나라며 옛날처럼 고집부리지 않았고, 이게 무슨 상황이냐며 물어보지 않았다. 나름 그의 배려였다. 주변을 둘러보며 송장이 된 친구였던 이들, 우리의 하나뿐인 스승, 내 이모를 한곳에 나열해 눕혀 절을 올렸고 고운 땅에 묻어주었다. 꽃은 없어서 이제는 이승의 인간이 아니게 된 고인들의 이름을 하나씩 불러 추모했다.

"……나의 이모 소피아, 감사했어요."

기분이 축 처지고 늪에 빠져 그저 그냥 잠기는 그런 기분이었다. 우물 속에 심해가 있다면 이런 기분일 테지.

비가 많이 내렸다. 춥지는 않았다. 아직 살아 있었다. 마치 비에 잠긴 도시에서 헤엄치는 것 같았다. 그러나 이 절망 속에도 아직 내 옆에는 나를 대신해 싸워줄 믿을만한 사람도 곁에 하나 남아 있다.

그녀는 플로리안 앞에 섰다. 네가 내게 검술을 가르쳐 달라고 했던 날이 겹쳐 보이는 것은 기분 탓일까. 아직도 선명했다.

-설아 나 너랑 같이 검술을 배우고 싶어, 응? 왜냐고?

"그리고 내게 지킬 건 너밖에 남질 않았네."

-며칠 전에 곁에 서 지키고 싶은 사람이 생겼거든.

"하지만 넌 그들과 다르게 검을 잡았지."

-그 애는 검을 다루니까 나도 배우고 싶어서.

"날 도와."

-날 좀 도와줄래?

"진심이야."

-장난이 아니고 진심이야!

김나영

"……진심이야?"

말하는 백설은 자신이 우스워 보였다. 플로리안 네가 나에게 검술을 가르쳐 달라고 했던 날의 네가 나에게 그대로 복사된 기분이었다. 조금은 달랐지만.

"그래, 도울게."

"고마워."

플로리안은 내 얼굴을 보고 자신의 고개를 내렸다. 그때만큼은 그가 어떤 표정을 지었는지 알 수가 없었다.

플로리안은 일단 밥부터 먹자며 설이를 식탁에 앉혔다. 안 본 사이 너무나 야윈 그녀였다. 제안을 거절하지 않아 백설 공주의 속사포처럼 쏟아낸 설명을 잘라내지 않았고, 고개를 끄덕였다. 당연하다는 듯이 말이다. 그리고 백설은 자신이 적국의 공주라 밝히며, 공주로서 모든 직위를 버리겠다는 결심을 내렸다. 그녀는 어떤 지칭도 붙이지 않은 채, 백설이라는 이름으로, 백설이라는 이름의 기사로 나아가기로 했다.

플로리안도 자신이 왕세자라는 것을 더 이상 숨기지 않았다. 서로가 사기꾼이라며 하하 웃었다. 자신의 나라로 백설을 데리고 가고, 혹시 몰라 군을 꾸려놨는데 이렇게 쓸 줄은 몰랐다며 전쟁을 선포하자는 제안을 했다. 장난스러운 말투였지만 오래 본 두 사람은 그게 진심이라는 것을 서로가 알았다. 누가 들어도 참으로 믿음이 가지 않는 계획과 제안이지만 그를 몇년 간 봐온 그녀의 감으로 그의 제안을 받아들였다. 플로리안은 몇 년이 지나도 달라지지 않는 바보 같은 사내였다. 그 후로 다시 마주 본 두 젊은 청소년들의 짧은 콩트 같은 분위기는 마차 안에서 목적지까지 이어졌다. 오랜만에 만나 할 이야기가 참 많았다.

마차를 타고 두 아이의 두 번째 여행이 시작되었다.

*

왕자의 군사조직 덕분에 백설은 손쉽게 군사들을 얻을 수 있었다. 그래서 소드 마스터인 백설은 전보다 더 강한 의지로 수련에 몰두했다.

마법도 익혀놓는 것이 비상시에 좋을 것이라는 플로리안의 조언에-자신의 마법 소질은 그저 그랬지만, 검기를 다루는 데는 자신할 수 있다고 되는 곳까지 해보겠다고 했다-마법까지 익히게 되었다. 봐줄 만한 마법 솜씨는 아니었다. 나쁘게 말하자면 이걸로 손가락 씨름대회를 하는 것이 나았다. 좋게 말하면 이런 허접한 실력자도 소드 마스터를 할 수 있구나라는 희망 넘치는 생각을 사람들에게 심어주는 솜씨였다.

오죽하면 그녀의 스승인 사냥꾼이 검술 바보로 만들었겠는가?

백설은 군사에서 자신의 인정을 받기 위해 끊임없이 노력했다. 그녀는 처음에는 단련된 검술 실력을 보여줌으로써 기사들의 주목을 받으려 노력했다. 그녀는 조직 내에서 자신의 능력을 입증하며, 다양한 군사 훈련을 통해 성장하는 모습을 보이기 시작했다.

뿐만 아니라, 백설은 군사 내의 고위 장교와 함께 훈련을 나누며 그들의 경험과 지식을 배우려 노력했다. 그녀는 겸손한 태도로 조언을 수용하고, 자신의 약점을 극복하기 위해 노력했다. 또한 조직 내에서 다른 기사들과 협력하며 함께 전투하는 경험을 쌓았다.

그녀는 목표에 따른 자신의 다짐을 표현했다. 그녀는 나라와 동료들을 위해 최선을 다하겠다는 각오를 분명히 했으며, 말뿐만이 아니란 것을 그녀의 열정과 헌신을 조직에 보여주기 위해 노력했다.

이러한 노력 끝에 백설은 군사의 인정을 받았다. 기사들은 그녀의 전투 능력을 인정받아-여기엔 평민 귀족 상관없이 무수한 기사들이 있었다-따르기 시작했다. 그녀는 조직 내에서 중요한 역할을 맡게 되었고, 이를 통해 군사 내의 존경을 얻게 되었다. 이를 통해 백설은 자신의 능력을 인정받아 전쟁 준비에 힘을 실을 수 있게 되었다.

옆 나라의 어느 여자는 백설의 이야기에만 귀 기울이는 멍청한 새 왕비가 아니었기에 그녀도 나름의 적군이 자신과 전쟁할 군사

조직을 꾸렸다는 정보도 듣게 되었다. 이제 그쪽도 전쟁을 준비할 때가 된 것이었다.

*

　한편, 왕세자는 필요한 정보를 수집했고 군사 자금을 모으고 다녔다. 정보에는 그 나라의 정보들도 포함되어 있었다. 왕자는 군사 자금을 모으기 위해 다양한 방법을 활용했다. 그는 먼저 왕국의 자원을 동원하여 일정량의 자금을 확보했다.

　또한 왕권 다툼으로 인해 분열되어 있는 귀족들을 단결시켜 군사 자금에 일조하도록 유도했다. 이를 통해 귀족들의 자금을 일부 확보할 수 있었다.

　왕자는 무역과 외교를 통해 외부 자원을 조달했다. 다른 나라와의 무역 협정을 체결하여 교역을 촉진하고, 그로부터 발생하는 수입을 군사 자금으로 활용했다. 또한 동맹국들과의 외교를 통해 금전적 지원을 받을 수 있었다. 이를 통해 군사 자금을 더욱 늘릴 수 있었다. 이처럼 다양한 방법을 활용하여 왕자는 군사 자금을 조달하고, 이를 통해 군사력을 강화하며 백설과 함께 전쟁을 준비하게 되었다.

김나영

그 후 3년 마침내 모든 게 준비되었다. 장기전이 되지 않았으면.

★

전쟁에 그녀가 선두로 나섰다. 전 대륙에 소드 마스터는 열 명도 되지 않아 백설에겐 쉬운 전장이었지만. 백설은 살인은 하지 않았다. 그저 적군이 검을 잡지 못하도록 꼭두각시 인형들의 팔을 베어 내 준 것뿐이었다. 자신의 원수들처럼 되고 싶지 않았다. 그렇기에 3년 동안 수련에 매진했고 죽이지 않고 사람을 베는 것을 연습해 지금 이렇게 할 수 있게 되었다.

위선적이기만 한 이 판의 승률은 60퍼센트밖에 되지 않았지만 자신의 앞에서 분수가 일어나는 장면이 되풀이될 뿐이었다.

정신건강에 좋지 않은 장면이었지만, 괜찮았다.

"설아, 여기는 내가 맡을게 넌 네게 해야 할 일이 있잖아."

"부탁할게."

나는 그에게 전장을 맡기고 나의 원수가 있는 곳으로 뛰어갔다.

오랜만의 '가족상봉'이었다. 오늘 마주할 나의 가족, 그들이 보고 싶었던 순간은 단 한 순간도 존재하지 않았지만 말이다.

-우다다

어린아이가 문을 열고 들어와 책장을 살폈다.

"오늘은 뭘 읽을까!"

콧노래까지 부르며 의자를 가져와 위에 올라가 가장 낡아 보이는 책을 잡았다. 먼지가 쌓인 책을 꺼내 탁탁 먼지를 털었다. 먼지를 털면서 바닥에 종이가 떨어졌다.

하늘에서는 잘 지내시나요.

저는 너무나 힘들었지만. 드디어 오늘 끝을 내러 갑니다.

만약……. 된다면…….

부디 모두가 죽지 않고 끝나길.

-설이가-

책에 끼어 있던 낡은 유서였다. 내용은 설이라는 누군가가 쓴 글의 내용은 대부분 지워져 있었지만 엄마와 이모, 그녀의 친구에게 쓴 편지였다. 서재 안으로 부드러운 바람이 불었다. 커튼이 흔들렸다.

"와! 종이가 되게 옛날 거 같은데. 아니 이 책은 먼지가 왜 이리

김나영

많은 거야……."

아이가 작게 투정부리며 박박 닦았다.

후후! 콜록콜록.

"어디 보자, 응? 희곡이네."

아이가 책을 가지고 서재 의자에 앉아 책을 읽었다.

비록 열린 결말이었지만 그리 나쁜 결말은 아니었다.

김나영

안녕하세요.

저는 '잿빛 속 눈보라'를 쓴 김나영입니다. 작년에는 건강상의 이유로 책을 출판하는 일에 동참하지 못했는데, 이렇게 올해 동아리 친구들과 함께하게 되었습니다. 제 글이 책에 실리는 날이 오다니 정말 영광이네요!

이 영광을 작가의 말을 쓰는 데 많은 도움을 준 제 반쪽인 서현이에게 돌립니다. 하하!

이 글의 제목은 몇 분 동안 고민하다 팍 하고 떠올라서 적었습니다. 설이의 검이 잿빛이기도 하고 이름이 눈이잖아요? 백설의 태풍같이 우당탕 휘몰아치는 모험의 느낌을 표현하였습니다.

독자 여러분들은 복수를 좋아하시나요? 아니면 용서를 좋아하시나요? 설이의 결말이 정해져 있지 않아서 궁금하지는 않으셨나요?

저는 바로 그 점을 목표로 글을 썼습니다. 독자분들이 상상해 직접 그리면서 동화를 만들어 보셨으면 하기도 하였고, 마지막 부분이 쓰기 어렵기도 하였습니다. 그리고 설이가 왕을 용서한다는 결말을 쉽게 할 수도 없었습니다.

복수를 하는 것을 쓰는 것이 쉽지 않았어요. 전 아직 내 엄마의 원수! 같은 느낌을 모르거든요. 또한 작가인 제가 왕을 없애고 싶어서 없애는 것은 등장인물인 설이가 선택한 것이 아니게 되잖아요. 쓰면서 수많은 시뮬레이션을 돌려보았습니다.

그러다 딱 하고 생각난 것이 열린 결말이었죠! 마지막 선택을 설이에게 맡기는 것이 좋겠다는 생각이 들었습니다. 평행우주설을 조금 가져와 썼다고 볼 수도 있습니다. 이런 이유로 글의 제목이 처음에는 'wind up play'로 했는데, 책과의 통일성을 추구하기 위해 마지막에 변경하게 되었습니다. 이 공간을 통해 아쉬운 마음을 전합니다. 하지만 미련은 없습니다.

원래는 이 글을 조금 더 잔인하고 냉혹한 판타지 동화처럼 쓰려고 했어요. 예상 독자를 고려하다 보니 계획을 수정해야 했습니다. 그래서 내용이 조금 어색한 곳도 있습니다. 그래도 제 첫 작품이니 재밌게 웃고 넘어가시면 좋겠습니다.

김나영

작품도 읽고, 지금 이 글도 모두 읽은 독자분들이 생각하는 평행 세계에서의 설이는 어떤 모습인가요?

제가 생각하는 평행 세계에서의 설이는 도서관 사서를 하고 있답니다. 짜잔.

읽어주셔서 감사합니다.

심청이는 심 봉사와 죽은 그의 아내 사이에서 태어난 친딸이 아니다.

아이가 생기지 않아 슬퍼하며 병이 든 아내를 위해 심 봉사가 자기 친구의 아이를 훔친 것이다. 하지만 아이를 건네주기도 전에 아내는 죽어버리고 심 봉사는 혼자 아이를 키우게 된다.

심 봉사는 형편도 좋지 않아 아이를 제대로 키울 수 없었다. 심 봉사는 자신의 불쌍한 삶을 곱씹고 죽은 아내를 그리워하며 심청이의 육아에 신경 쓰지 않았다.

갓난아기가 우는 소리에 동네 아주머니들이 젖을 물려가며 친엄마처럼 대신 키워주었다. 시간이 흘러 심청이가 어엿한 처녀가 되었을 때 심청이의 친엄마가 찾아왔다. 자기 딸을 납치하고 돌보기는커녕 함부로 부려대는 심 봉사의 모습에 친엄마는 분노했다. 그녀는 심 봉사에게 복수할 생각으로 그와 재혼했다. 심청의 친아빠는 일찌감치 전쟁터로 끌려가서 목숨을 잃었기에 그녀는 재혼이 가능했다.

심청이는 아직 사실을 모르고 있는데 다만 새엄마가 들어온 후 아버지가 자신을 구박하고 일을 하는 빈도가 줄어 새엄마를 좋아하고 있었다.

어느 날 심 봉사와 심청이가 다리를 건너다 심 봉사가 발을 헛디뎌 물에 빠지는 일이 발생했다. 다행히 지나는 스님에 의해 심 봉사는 물에서 나올 수 있었다.

스님은 심 봉사에게 공양미 삼백 석을 바치면 눈이 떠질 것이라 말해주었고, 앞을 볼 수 있다는 말에 눈이 돌아가 공양미 삼백 석을 구할 방법을 찾아다니기 시작했다. 결국 심 봉사는 심청이를 바다에 제물로 바치기로 했다.

심 봉사는 심청이가 효심이 깊다는 것을 알고 있었기 때문에 심청이를 구워삶아 공양미 삼 백석과 심청이를 맞바꾸었다. 그 사실을 모르던 심청이의 엄마는 심청이가 제물로 바쳐 배에 오르던 날 소식을 듣고 바다로 달려갔다.

하지만 안타깝게도 배는 떠났고, 엄마는 심청이를 지키지 못했다는 죄책감에 사로잡혀 울음을 터뜨리고 말았다. 자신의 딸을 제물로 바친 심 봉사에게 참을 수 없는 분노가 치밀어 올랐고 이후

심 봉사를 괴롭히기 시작했고, 공양미 삼백 석도 따로 빼돌려서 심 봉사에게 주지 않고, 눈도 고쳐주지 않았다.

그렇게 하루하루 심청이를 그리워하며 일생을 보내던 엄마는 집으로 찾아온 황후가 된 심청이와 다시 만나게 되었다.

엄마는 심청이를 보며 말문이 막혀 아무 말도 하지 못했고 그저 오랜만에 다시 본 심청이를 눈물을 머금은 채 아무 말 없이 심청이를 꼭 안아주었다. 심 봉사는 앞이 보이지는 않지만, 심청이가 돌아왔다는 것을 소리를 듣고 알아챘다.

딸을 제물로 바친 것에 대해서 조금의 죄책감이라도 남아 있었는지 심청이에게 가지 않고 조용히 홀로 방으로 들어갔다. 돌아온 후 심청이는 엄마와 떨어져 있던 동안 하지 못하였던 얘기를 잠도 자지 않고 밤새도록 얘기하였다.

심청이는 엄마가 해준 집밥도 같이 먹고 길거리에 나가 엄마와 산책도 하며 취미생활도 엄마와 같이 즐겼다.

하지만 심 봉사는 심청이가 밥을 같이 먹자 해도 먹지 않고 밖에 같이 나가 바람이라도 쐬자면 그것마저도 거절하였다. 심청이는 아버지가 왜 번번이 거절하는지 그 이유를 아주 잘 알고 있었다.

딸을 제물로 바쳤다는 죄책감 때문이겠지. 이런 심경을 가지고 살아가는 날이 점점 더 늘어나고 있었다. 심청이는 마음을 담아 가족과의 연결을 되찾고자 하여 노력했다.

어느 날, 엄마는 자신의 어린 시절을 떠올리며 심청이에게 어린 시절 이야기를 해주었다. 이에 따라 심청이는 엄마의 어려운 선택과 고통에 대한 이해를 얻었고, 가족 간의 소중한 유대가 다시 새로이 피어날 수 있게 되었다.

동시에, 심청이 아버지인 심 봉사가 심청이와의 관계를 바꾸려고 적극적으로 다가가는 모습을 보였다.

심청이와 아버지는 죄책감과 슬픔을 함께 나누면서 서로 함께하는 시간을 통해 지금까지 받아온 상처를 치유하고자 노력했다. 심청이 또한 심 봉사에게 아버지로서의 열린 마음을 느끼게 되었고, 부녀의 관계는 서서히 따뜻한 방향으로 향해가고 있었다.

한편, 엄마와 심청이의 만남은 가족을 더욱더 단단하게 만들 수 있었다.

심청이는 어린 시절에 빼앗긴 가족들과의 소중한 시간을 다 같이 만들어 가며, 서로를 이해하고 받아들이는 것이 얼마나 중요한지를 깨닫게 되었다.

하지만 심 봉사는 어딘가 찝찝한 무언가를 지울 수가 없었고 이런 불편한 마음이 한순간에 사라질 수 없다는 것은 심 봉사도 알고 있었다

하지만 지금까지 그런 아버지를 지켜온 심청이는 아버지가 그런 마음을 가지고 있다는 것도 잘 알고 있었다.

심 봉사도 심청이가 자신을 잘 챙겨준다는 마음에 보답이라도

하듯이 조금씩 죄책감을 덜어내고 생활하기 시작한다.

심 봉사는 자기의 눈을 뜨기 위해 딸을 제물로 바쳤는데 심청이가 그걸 싫어하는 내색도 하지 않고 아버지가 눈을 뜨기 위해서 바다로 뛰어들기까지 하였다.

심 봉사는 심청이의 효심이 얼마나 깊은지 알고 있었고 앞으로 심청이에게 몹쓸 짓을 하지 않고 심청이를 하루하루 정성스럽게 챙기며 심청이와 사이를 회복해 행복한 생활을 보내고 있었고 자신이 딸을 굉장히 잘 만났다고 생각했다.

한편으로 심청이의 엄마는 심 봉사를 아직 못마땅하게 여기고 있었다. 어찌 보면 당연한 것이다. 다른 사람도 아니고 자신의 딸을 제물로 바쳐 바다에 뛰어들게 만들었으니 말이다.

하지만 심청이가 아버지를 사이좋았던 시절처럼 대하는 모습을 보고 심 봉사도 심청이에게 용서를 구하는 모습을 보며 자신도 자연스럽게 심 봉사를 용서하게 되었다. 심청이가 좋으면 아무 문제 될 것이 없다고 생각했기 때문이다.

눈치가 빠른 심청이는 엄마도 진작에 아버지를 용서했다는 것을 알아채어서 자신의 가족이 이렇게 점차 화목해지는 모습을 보니 뿌듯하기도 하고 묘하기도 했다.

연유경

이번 책쓰기 활동에 참여할 수 있어서 좋았습니다.

나의 계절이었던 '소동'

대구 경덕여자고등학교 교사 조혜진

봄을 시새워 하는 추위가 가시지 않은 3월의 교정에서 책쓰기 동아리 '글쓰소(글을 쓰는 소녀들)' 동아리 학생들을 처음 만났다. 개나리꽃처럼 무리 지어 작은 소리로 속닥거리기도 하고, 진달래꽃처럼 홀로 떨어져 눈빛으로 말하기도 하는 저마다의 봄을 만난 것이었다.

그렇게 1년, 글쓰소 학생들은 나의 계절이었다.

이른 봄, 세상에 펼칠 이야기에 대해 의견을 나누며 학생들이 가지고 있는 개성 강한 떡잎들을 확인했다. 봄의 들판에 화려함을 자랑하는 벚꽃만 있는 것이 아닌 것처럼 아직 피지 않은 다양한 꽃들이 보였다. 이 가지각색의 꽃들을 어떻게 묶어야 조화로운 꽃밭이 될 수 있을까. 각자 가진 생각을 하나로 연결할 수 있는 울타리를 만들어 보는 것에 대해 넌지시 말해보았다. 활짝 핀 목련꽃 같은 동아리 부장은 그 말의 의미를 용케도 파악하여 '동화'라는 높지 않은 울타리를 만들어 왔다. 다른 들판과도 쉽게 넘나들 수 있는 울타리가 마음에 들었다. 드디어 우리의 들판이 생겼다.

쓰르라미 우는 여름, 씨앗을 심은 들판에 새싹이 다문다문 자랐다. 그런데 며칠을 보고 또 보아도 아직 올라오지 않는 새싹들이 있었다. 한여름 텃밭처럼 내 마음도 타들어 갔다.
'너희 왜 나오지 않니? 땅속에서 무엇을 하고 있니?'

더 더워지기 전에 소식 없는 학생들을 찾아다니며 만났다. 학생들이 피울 꽃의 향기와 모양 등에 대해서는 말하지 않았다. 그냥, "요즘 뭐 해?"라고 물었다. 제 모습이 예쁜 줄 모르고 따가운 여름 햇빛에 지쳐 축 늘어져 있는 배롱나무꽃 같은 싹, 하고 싶은 말들을 둥글게 모아놓기만 한 수국 같은 싹, 저 높은 하늘만 바라보고 있는 해바라기 같은 싹, 뜨거운 온도 속에서도 흐트러짐 없이 단아하게 피어 있는 달맞이꽃처럼 할 말은 많지만 하고 싶지 않다는 싹들이 있었다. 그 이야기들을 들었다. 침묵도 들었다. 운이 좋을 때는 침묵 속에 담긴 뜻을 이해했지만, 마지막까지 그 뜻을 이해하지 못하기도 했다. 그리고 땅 위로 솟아 나올 여건이 되지 않는 싹들을 왕왕 위로했다. 듣기만 하고 위로만 했는데 학생들의 마음이 글이 되기 시작했다.

유난히 더웠던 여름이 지나자, 들판에는 소식 없던 싹들이 하나둘 올라와 줄기로 뻗어가고 있었다.

붉게 영그는 가을, 우리들의 들판은 제법 꽃밭다웠다. 하나하나의 꽃들은 자신만의 색을 만들기 위해 비바람을 겪었고, 뜨거운 햇볕을 오랜 시간 견뎠다. 색깔도, 모양도 제각각이었지만 대견하게도 꽃을 피웠다.

꽃밭다운 꽃밭을 진짜 꽃밭으로 만들어야 했다. 삐죽삐죽 나온 가지들을 자르기도 하고, 가장자리에 핀 꽃들을 안으로 옮겨주기도 했으며 한쪽으로 모여 있는 꽃들은 사이에 틈을 주었다. 시련과 고난을 이겨낸 소중한 꽃들이지만, 우리 모두의 꽃밭을 위해서 다듬어지는 과정도 거쳐야 했다. 그렇게 꽃밭은 옹골차게 변해갔다.

자신만의 꽃을 피우고, 우리들의 꽃밭을 일구는 동안 학생들은 무엇을 생각했을까. 이 가을에 만나는 학생들은 더 이상 초봄에 만났던 해맑기만 했던 학생들이 아니었다.

꽃이 진 겨울 들판, 이 자리에 꽃이 피었었나 싶지만 꽃은 분명히 아름답게 피었었다. 그래서 매서운 겨울의 들판이 메말라 보이지도, 외로워 보이지도 않는다. 학생들은 자신들이 피운 꽃의 힘으로 또 다른 꽃을 피우기 위해 땅속에서 "저 여기 있어요!" 하고 제대로 속삭이고 있을 것이다.

소중하게 기억해야 할 것들은 원래 눈에 보이지 않는다고 했다. 눈에 보이지 않는 우리의 들판에서 새로운 봄에, 새롭게 자라날 싹들을 기대하며 꽃들의 건투를 빈다.

초판 1쇄 발행 2024. 1. 31.

지은이 글쓰소
엮은이 조혜진
펴낸이 김병호
펴낸곳 주식회사 바른북스

편집진행 김재영
디자인 배연수

등록 2019년 4월 3일 제2019-000040호
주소 서울시 성동구 연무장5길 9-16, 301호 (성수동2가, 블루스톤타워)
대표전화 070-7857-9719 | **경영지원** 02-3409-9719 | **팩스** 070-7610-9820

•바른북스는 여러분의 다양한 아이디어와 원고 투고를 설레는 마음으로 기다리고 있습니다.

이메일 barunbooks21@naver.com | **원고투고** barunbooks21@naver.com
홈페이지 www.barunbooks.com | **공식 블로그** blog.naver.com/barunbooks7
공식 포스트 post.naver.com/barunbooks7 | **페이스북** facebook.com/barunbooks7